U0137440

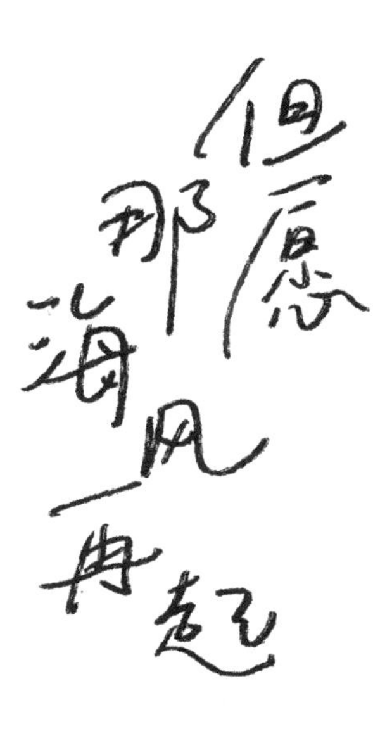

湖南文艺出版社
HUNAN LITERATURE AND ART PUBLISHING HOUSE
博集天卷
CS-BOOKY

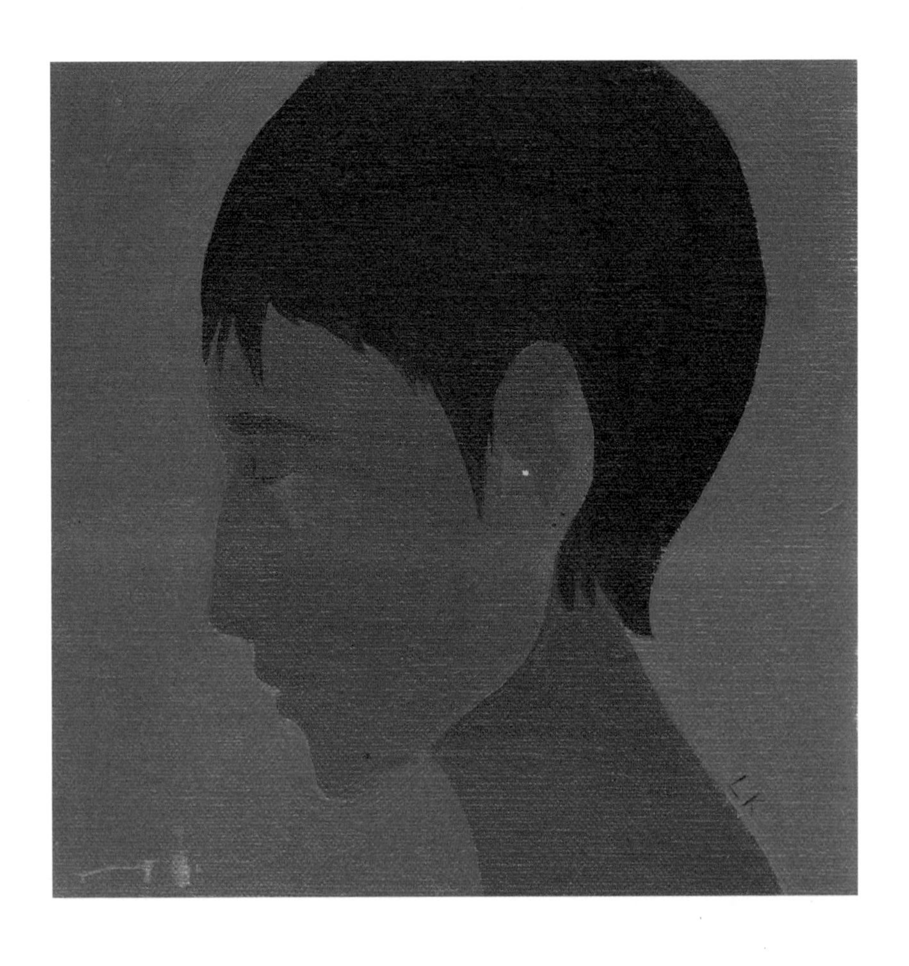

1

Contents

2

Contents

LK

3

Contents

但愿那海风再起

Contents

特别收录

4

目录

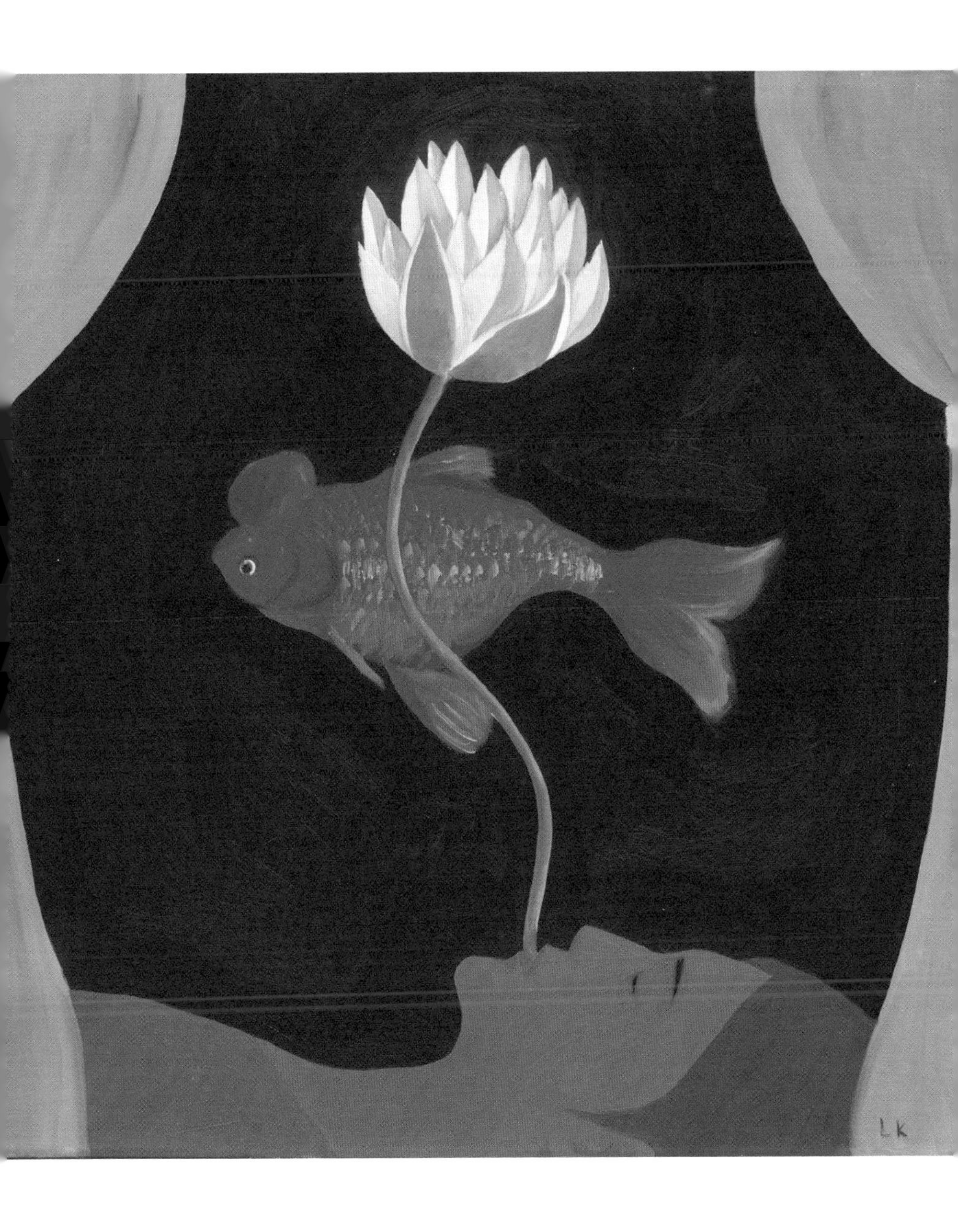
LK

LK20150106

但愿那海风再起

那些孤单的日子，

对我，对她，

都像是困在一个集装箱里。

站在三里屯十字路口等红灯时，

我会怀念起那个蓝色的屋顶，

它像是一个飘浮在城市上空的蓝色集装箱，

安静地包裹着我，

使我不被打扰，

可以看书、画画，也可以什么都不做。

蓝色集装箱

用了七年的手绘板昨晚突然坏掉了，光标停在了电脑桌面的左上角，指着黑色的苹果图标，一动也不动。也许作为一个现代数码产品，七年已经是长寿了吧，叹息之余，我努力回忆起七年前，那一段蓝色的时光。

那年，正值大四下半学期，学校放了实习长假，我在西安托人找了个报社上班，做一些排版和设计的工作。奶奶很开心我找到了工作，每天早上会给我准备好便当放在双层饭盒里，中午拿单位微波炉热一热就可以吃。干了不到一个月，我就受不了了，整个人都要崩溃——领导很喜欢让我用大红色和金色，字体要加粗加大，一切都以醒目为原则，每天都是改改改。

那时年轻气盛，觉得上了四年大学不应该干这些，就毅然辞职了。但又不想让奶奶伤心，毕竟她才高兴了没几天，于是瞒着奶奶在外面租了一个房子画画。那个房子，怎么形容呢，在城中村的一个三层民宿的四楼，对，四楼，也就是屋顶的一个违章搭建的简棚，房间的顶是一整块蓝色的集装箱铁皮瓦。

每天早上依然早起，假装要上班，吃完早饭，带上奶奶给我准备的便当，匆匆出门，直奔画室。上午悠闲地摊开几张纸，画点草稿，看会儿书。我还专门买了一个便宜的微波炉，中午把便当热一热就吃了。画室的窗户外不远处是一个公共厕所，打开窗户会有淡淡的奇特气味，所以一般我很少开窗户。整个房间只有不到六平方米，但竟也有张床，一块光秃秃的木床板，底下垫着一些红板砖，床上啥也没有。我拿了一些书放在上面当枕头，下午困了就平躺在床板上，昏昏沉沉地睡过去。那时候已经是夏天，屋里没有空调也没有风扇，很快就会被热醒，睁开黏糊糊的眼睛，就看到蓝色的铁皮顶棚。坐起来擦擦头上的汗，开始画画。

那时学校的老师告诉我有一个动漫的比赛，不是什么特别大型的，但也有好几千块钱的奖金，还可以得到一块数码手绘板，问我要不要参加试试。我想那就试试吧，反正也没别的事可做，也需要钱。

于是我设计了一个人物——既像一个王子，又像一个没有化妆的小丑，瘦瘦小小，穿梭在色彩缤纷的场景里，但都是孤身一人，看起来很安静，也很沮丧。大概两个月的时间里，我就闷在屋子里，每天吃着奶奶做的便当，在这个不到六平方米的蓝色集装箱里，画着这些有的没的无聊的小画。

画得烦了，我就打开门走出去，外面就是阳光灿烂的天台。那时候西安的天空总是阳光灿烂，不知道是真的，还是我强加了这些回忆。但屋顶晾着的衣服是真实存在的，几根绳子上晾着各种各样的T恤、裤子、内衣、袜子。这栋小楼住的都是外地来打工的人,大家白天出去干活儿了,整个楼很安静,只有房东老大爷偶尔上来看看,浇浇花。

我站在屋顶，身后是这些飘着洗衣粉味道的衣服，看着其他小楼的屋顶，层层叠叠的城中村住着那么多人，大家总有些什么梦想吧，不然干吗跑到这么远的地方来？也或者有人其实没什么梦想，在家待着也是受罪，不如出来混口饭吃。我想到一个巨大的蓝色集装箱，把好多人从各地运到了一个城市里。

我其实也没什么梦想，觉得这辈子可能就这样了吧，在小小的简棚里，画着一些无聊的东西，想睡觉就睡觉，想发呆就发呆。懒得为眼前的生活找任何理由，好的坏的都不需要理由，所有发生的事情都是应该发生的，就这样自然地发生着。其实那段日子过得很舒心，至少很平静，不被打扰，也不用跟人打交道。一无所有，无所事事，但也不担心什么。

后来要返校拿毕业证，学校老师告诉我，我那套图得了奖，有好几千块钱的奖金，以及一块手绘板。不知道为什么错过了毕业大合照，还因为租学士服要不少钱，所以连穿学士服拍照也错过了。学校里很热闹，草坪上飘着大大的气球，挂着或温馨或鼓励的标语，大家都在合影留念，我默默地领了证回到西安。

我知道这一天终于要来到了，我退了画室，微波炉也送人了。我跟奶奶说，我要去北京。奶奶不同意，不舍得让我去，她觉得在大城市要受苦，没人照顾我，大城市还有很多诱惑，她觉得我会学坏。于是我在某个清晨奶奶出门散步的时候收拾好了行李——一堆书、一些衣服，还有那块数码手绘板，准备直接去火车站。拎着行李准备打开门往外走的时候，奶奶却回来了。我说，我还是要去北京的，要去大城市。这小地方没啥事儿可以做，宁在大城市哭，不在小城市笑，好男儿志在千里什么的一大堆。奶奶说："那你吃完饭再走吧，我现在给你做饭。"

奶奶突然很沉默，没有再劝我，没有再絮叨，只是在厨房切着菜。我内疚地走到厨房，想说点什么来缓和一下气氛。结果发现奶奶一边切菜，一边在默默地哭。

她上一次这样默默地哭是在爷爷去世后，那天她不敢一个人睡，我就和她睡一张床。关了灯，我睡不着，发现她轻轻地哭了起来，或许是怕吵到我，所以哭得很微弱，但我知道她很难过，于是轻轻握住了她的手。

这次她又这样哭了，也是轻轻的，怕吵到我。我走上去抱住系着围裙的奶奶，我说："我不走了，我现在不走，我再陪陪你，你别哭了，我肚子都饿了，我们快吃饭吧。"

我们都没有再说起这个事，吃饭时也很少交流，很明显地各怀心事。过了这沉默的一周，奶奶主动跟我说："你走吧，去北京要注意安全，多给我打电话，需要钱就跟家里说。"她应该也意识到这一天迟早要来，我们都无法回避。

后来的日子其实也是居无定所，四处流浪，组乐队，考研失败，找工作，辞职，做专辑，跑巡演，继续做专辑，继续跑巡演。一下子就是七年。七年的时间不算太短，很多东西都坏掉了，一些朋友不再是朋友，一些书也扔了，一些衣服也处理了，连帮我赚了不少钱的手绘板也莫名其妙自暴自弃地坏掉了。除了回忆以外，能留住的东西其实真的不多。

我在北京总是不停地换住处，没有一个住处超过一年，基本就是十个月就要搬一次家，像是受了诅咒。现在条件好一点了，我把奶奶接到了身边一起生活，互相有个伴挺好的。前阵子房东提醒我，房子租满一年了，要不要续租。我说："要要要！当然要！能不能一次多续几年？"（房东表示不可以。）现在的奶奶和印象中的奶奶很一致，一直都是那个样子，没什么变化，还时不时地去染个头发，显得挺精神。只是身子有些歪了，背也有些驼了。我经常要出差好几天，奶奶就打电话给我，说："你不在家我一个人好无聊，只能看电视。"她经常看韩剧或者看台球比赛到深夜一两点。

我想，那些孤单的日子，对我，对她，都像是困在一个集装箱里，没有开心，也没有不开心，只是有些无聊。

无聊到底是不是坏事，我说不好。年轻人会无聊，老年人也会无聊，谁都会无聊。但热闹是不是好事，我也说不好，总有些时候，比如在后台和主办方亲切握手合影时，朋友们聚会热闹地玩游戏时，与一群不太熟的人在烟雾缭绕的 KTV 包厢唱歌时，演出结束后大家一起喝酒撸串时，或者就只是站在三里屯十字路口等红灯时，我会怀念起那个蓝色的屋顶，它像是一个飘浮在城市上空的蓝色集装箱，安静地包裹着我，使我不被打扰，可以看书、画画，也可以什么都不做。

秦昊

2016 年 4 月 24 日

最近我们组合发表了新专辑《这样就很好》，里面有首歌叫《在屋顶看太阳落下》，用歌曲记录了我在西安生活时住在一个民宿顶楼的所见所感。关于漂泊，我有写过《一个人的北京》的彷徨与疑问，而十年之后，我又给出了另一种回答，多了些期待和安定。现在再看 2016 年写的这篇短文，感慨万千，特此分享出来。

秦昊

2021 年 9 月 11 日

Q 在屋顶看太阳落下

演唱：好妹妹

作词：秦昊

作曲：秦昊

在屋顶看太阳落下　人们匆忙回到家

阳台晒着衬衫　手里的汽水还没喝完

阳光洒在了肩膀上　汗毛微微发烫

城市此刻变成森林　我变成草　你变作花

在屋顶　看太阳落下

在屋顶看太阳落下　人们回到暂时的家

旅行是否到达　幻想的海角和天涯

吵闹的电视安慰着　疲倦的小伙伴

我们享受这样的傍晚　我想跳舞　你就旋转

在屋顶　看太阳下山

他说太阳下山明早依旧　爬呀爬上来

可是明天的太阳是否还记得　昨天的感慨

城市虽然是钢筋铁骨　但也年年在长大

来了又去的年轻人啊　总有舍不得放不下

他说太阳下山明早依旧　爬呀爬上来

可是老去的你我是否还怀念　年少的无奈

城市虽然是冷漠的脸　但总有故事展开

此刻握着你温暖的手　暂时把世界忘怀

在屋顶看太阳落下来

阁楼春光

我常常搬家，一位同事也是，所以我们常常一起看房子。我很喜欢看那些奇奇怪怪的户型：老式板楼、老洋房，顶楼、天台、loft[1]、跃层……最喜欢的是有阁楼的房子。每次跟同事说，哇，那个房子好酷啊，有阁楼。同事就会说：“还是大平层好。”在上海路边看到美丽的老洋房，我就会怂恿他：“租下来吧，好酷啊，等我来上海玩可以住你家阁楼，还可以在阳台喝酒。”他还是会回我：“要租你自己租，我要住大平层！”或有时候他陪我看房，我说：“这个房子虽然老旧，但质量特别好，环境也很好，你看这个内阳台是圆的，窗口还有大树。”他依然会说：“还是大平层好。”

大平层真的很方便、很现代、很中产，通水通暖，有上下水天然气，有老死不相往来的邻居（这一点我发自内心地

①阁楼，顶楼。

喜欢），真挑不出毛病。但让我选，还是想住阁楼。方方正正的东西看多了，自己也会显得很方正，但我明明是一个歪歪扭扭的人。

我从小住的家是一个老式板楼的顶楼六楼，从窗户望出去可以看到远山层叠，往下望有一棵大黄葛树，还可以看到整个院子里的状况——哪些小孩儿在院子里玩，哪些人聚在一起说别人闲话。家里漏雨很严重，重庆又是很多雨的地方，印象中每年有几次巨大的雨,需要动用到脸盆水桶,丁零当啷。爷爷每年都要请人到楼顶上修修补补。这个楼顶并没有楼梯可登顶,需要搭一个竹梯从天井上去。院子里有几栋后盖的楼,可以直接走楼梯上天台,人们会在上面种花、种草,甚至种树,杜鹃茉莉山茶花，昙花米兰紫罗兰，非常可爱怡人，我羡慕得发疯。谁不想住在空中花园呢?

爷爷奶奶受了漏雨的伤，后来再搬家若干次，楼层都很低，但又没低到底楼，不知道是不是担心暴发洪水。前几年奶奶在重庆想要住新房子，我于是想给她买个顶楼住住，奶奶很抗拒，说："万一顶楼漏雨呢？"我说："现在房子的质量比当年好多了，不会漏雨。"她又说："万一电梯停电呢？"我说："一年能停一次电就不得了了，你要是能赶上，那运气算是极好，赶紧买彩票。"她找了一万个理由，最后我们买的就是不高不低的楼层,像极了我家的生活,不高不低,无聊至极。楼上邻居还乱装修导致漏水，漏到奶奶家墙皮被弄坏了，奶奶气得够呛。

回想一下自己青年时期住过的地方，依然觉得很有趣，也很怀念。

刚上大学时终于体会到离家的快乐，到了暑假根本不想回家，但学校又不允许暑假住校，便和同班好友一起在学校附近短租了房子，一室一厅，女同学住卧室，另一个男同学拉个帐子住客厅，我主动提出住厨房。那个厨房是大概四平方米的狭长小间，新装修好，没有灶台和抽油烟机，台面一干二净，我把东西放在台面上，晚上铺个垫子在地上睡，白天把垫子卷起来，地上放个凳子，就可以用电脑画东西和看教程。当时并不觉得有何不妥，狭小的空间睡起来很安稳，从小爱睡硬床的我对睡地面也欣然接受，长春的夏天吹个小风扇就能过，每天不用被查寝，也不用吸二手烟，快活得要命。时常和两位好友一起绘画，一起吃饭逛超市，一起聊天散步，真是做梦一样的青春岁月啊。

因为体验到了这般自在和快乐，等开学搬回寝室后，就觉得受不了了：室友不爱干净，脚臭到令人窒息，暖气片上的袜子不知道洗没洗过，水盆里的内裤一泡就是半学期，简直能长出一套生态系统。更主要的是室友疯狂抽烟，我对二手烟实在吃不消，便和同班好友在隔壁吉林大学的家属区找了一个住处，那是一个顶楼跃层，六个房间，住的都是附近大学的学生。这是我第一次住进阁楼。那个房间一切都很简单：一张床、一张桌子、一把椅子、一个柜子。唯一特别的是，屋顶有一半斜下来，斜面上有扇立起来的窗，打开窗帘就有阳光，阳光会在我的房间里画画，从这面墙扫到那面墙，有时金有时红，有时斜有时方。

住了一年，我和朋友又搬到了隔壁楼的一个房子，没有了阁楼，阳光也一般，但好处是只有两室一厅，我俩各住一间，更加安静，从窗户看出去是吉林大学南校区的校园。由于这个房子没法洗澡，我俩便常常去吉林大学的澡堂洗澡，俩人各自拎个塑料小篮子，装着洗漱用品和毛巾拖鞋，溜达几分钟到吉大澡堂。那是很大的学生澡堂，只有淋浴没有池子，有搓背师傅，但大部分人都是和旁边的同学互相帮忙搓背。我洗澡快，洗完在外等朋友从女浴室出来，她一边跟我抱怨长头发很难打理，一边又说下周去烫个大波浪，我们或买个奶茶或买个鸡架，乱七八糟吃点东西再回住处。某次我尝试煮粥，按照想象放了米和水，把电饭煲放在客厅的地上煮着，等我们洗完澡回家一看，好家伙，粥流了满地。

大四下学期算是实习期，不用在学校上课，奶奶那时搬到了西安，爷爷也去世了，我便去西安陪奶奶住了好一阵子。我们住在一个一室一厅的小房子里，卧室里是一张双层床，奶奶睡下铺我睡上铺，有时睡前轻声聊天，奶奶会跟我讲她过去的生活，她小时候的事情，或我小时候的事情，奶奶的记忆力可真好，什么都记得。我脑子时常是混沌的，过去的事含糊不清，同一件事每次说起都版本各异，所以很羡慕奶奶有这样的本事。我对这个房子完全没有感情共鸣，都懒得记住门牌号，可能潜意识里生怕留在这里。经常到楼下都会忘记自己住几楼，于是要站在单元门口打电话问奶奶。一次带同事来我家玩，到了楼下我扭头问他："我家是几零几来着？"同事满脸问号。

在西安家里住了一阵，经历了几次找工作、上班和辞职，后来在附近大学背后的城中村找了一间小屋子，那是在一个三层民宿天台上加盖的，有着蓝色集装箱铁皮屋顶的小屋。

那民宿本来就属于违建，顶楼加盖的小屋更是违建中的违建，违建里的“精英”。这是我一直梦寐以求的小屋，很不正经，游走在社会边缘，既充满了隐秘感，又夹带些许暴露癖。打开门就是天台，晾着楼里邻居们的衣服，四周望去能看到其他民宅楼顶晒着的衣服。我每天早上跟奶奶告辞，拎着便当假装出门上班，其实是到了这个天台小屋，关起门来想事情、看画册、画画。这段往事我在另一篇短文《蓝色集装箱》里详细写了，这里就不再赘述，感兴趣的朋友可以看看那篇短文。

离开西安后，背包旅行去了很多城市，在杭州工作了一阵子，给一个淘宝店拍产品图和做些杂务。因为是坐火车去的杭州，想着以后再搬家大概也要坐火车，干脆就住在了杭州火车站旁。那楼实在是太老了，八九十年代的板楼，又黑又破，脏兮兮、黏糊糊的，像个危楼，我住在顶楼七楼。一室一厅的房子，有厨房厕所，客厅还有一个很小的阁楼，置物用的，要爬竹梯才能上去。我到杭州一周多，每天都在下雨，洗的衣服根本晾不干，半干不干还发臭。身上已经没有衣服穿了，工作也挺忙，没有时间和钱去买衣服。好友从无锡来杭州看望我，走的时候我跟他说：“可以把你身上的帽衫借给我穿吗？”我的床也很破旧，被朋友一屁股坐塌了（我发誓这是真的），床脚断裂，无法再睡。灵机一动想到不是还有个阁楼吗？刚好能铺下一床被子，开个台灯在上面睡觉看书，还挺温馨。结果由于太潮太脏，我浑身长了湿疹，奇痒无比，痛苦数日，经人指点全身擦了硫黄软膏才好起来。

还记得第一次在这屋里自己煮面，把面放下去觉得不太对劲，打电话问奶奶才知道原来还要先把水烧开。之后奶奶来杭州看过我一次，我带她转悠，在西湖边喝茶，去灵隐寺参观。临走时奶奶给了我两千块钱，大概是看我日子过得太惨了吧。每次想起那阴雨不断浑身湿疹的日子，自己也觉得很惨。

离开杭州之后，去了无锡借住在好友小张家，一个叫作“西园里”的老小区，绿化很好，还有幼儿园，公共澡堂，理发店，按摩店，很多小餐厅，旁边还有菜市场，游泳馆，真是宜居极了。我们时常会去菜市场买菜回来做饭，但因为厨艺不精，经常闹笑话。有一次炒菜前忘记切菜，长长一根空心菜，一端都到胃里了，另一端还在嘴里没嚼烂。还有次立志要减肥，便买了蔬菜水果和沙拉酱打算做沙拉，但由于本人没有把握好量，最后做出了一脸盆那么多的沙拉，用掉了一整瓶沙拉酱。最夸张的一次是想煲排骨汤，结果弄出来不知为什么腥臭无比，又放很多料酒以掩盖腥味，最后还是难以下咽，我便把这锅排骨汤倒进了马桶。结果马桶堵死了，我又烧了开水去冲，非但没有通畅，还变成了煮“粪”，臭到晕厥，只好尴尬地请工人来解决了。

到无锡的由头是想要考江南大学的研究生，虽然偶尔真的会去江南大学的图书馆看书学习，但更多时候是在家写歌画画，我和小张还一起搞网店卖衣服补贴家用，周末四处玩互相拍照或跑到杭州四季青服装批发市场进货。最后到了考试前一天，发现考研英语 A 打头的单词还没背完。现在回想起在西园里小区居住的日子，那其实是我不愿意面对真实生活，想要通过继续上学来逃避社会的日子，多亏家人和好友包容了我的任性，才让这迷茫的一年变成了美好的回忆。

考研失败之后终于去了北京成为北漂一员。我在北京租的第一个房子在四惠，那个小区叫通惠家园，是个架在地铁站上的神奇小区，居民楼有二十九栋之多，有餐厅、便利店、办公楼，还有消防队，甚至有小学、中学和两个幼儿园，小区的两端连接着四惠和四惠东地铁站，也是北京地铁一号线和八通线的换乘站。我住的那栋楼正好就在一号线顶上，白天可以隐约感觉到地铁的震动。那时很流行把一套房子隔成若干小间，譬如三室一厅可以隔出五到六个小房间，租给很多户互相不认识的人，除了早上抢厕所晚上抢淋浴，平时很难看到其他租户，在房间弹吉他偶尔声音大了会被隔壁租户敲墙提醒——那墙自然是用木板隔的。即便是这样隔出来的小插间，每个月也要上千的租金，我一个人还是住不起，所以是和朋友合租的一间，放了两张床，朋友睡窗前的大床，我睡门口的小床。好不容易找到一份当美术老师的工作，第一次赶早高峰，是我这位北漂经验丰富的室友陪我一起的，他是我体验北京早高峰的领路人。站台上人多到爆自是不用说，门打开时大家蜂拥而入，立马就挤满了车厢，我站在门口进不去，打算放弃了，等下一趟地铁，但我的室友却不打算再等，或是习惯了这样的场面，他大吼一声，用力猛推了一把，我还没反应过来就已经随着人流莫名其妙挤进去了。在车厢里不用扶任何东西，甚至都不用好好站着，就算脚不沾地都可以浮在里面。

由于忙着上班，对这间屋子的印象不是很深刻了，只记得有猪肝红色的丑墙纸，打呼噜严重的室友。常常下了班从四惠地铁站出来，天已经黑透，在这个空中小区就着四环明亮的路灯漫步回住处，偶尔抬头看看天空，心里有些说不清道不明的感慨，于是后来写了《一个人的北京》这首歌：“你有多久没有看到满天的繁星，城市夜晚虚伪的光明遮住你的眼睛。”

工作了半年又失业了，这个房子我也租不起了，搬到了四惠东地铁站旁边的一个地方，那是临时搭建的一大片工地活动板房（可能很多朋友不知道那是啥，我贴个百科：工地活动板房是一种以彩钢板为骨架，以夹芯板为围护材料，以标准模数系列进行空间组合，构件采用螺栓连接，全新概念的环保经济型活动板房屋）。附近有很多工地，这片房是专门租给外来务工且流动性比较强的农民工朋友的。它看起来像一个巨大的集装箱，进门是几排长长的走廊，两边都是一个个方正的小屋，很便宜，七八百一个月，一月一付，一张床、一张桌子、一把椅子，还有能淋浴的独立卫生间。我和那位早高峰领路人室友一起搬到了这里，这样房租压力就更小了。两个人拼一张床，他靠墙（他说这样凉快）。我不用上班之后常常白天睡觉，半夜写歌画画看电影，偶尔会出去找个场地搞搞卖门票的小演出赚点生活费，一个月搞两次就刚好够我生活。

这个大集装箱完全没有隔音可言，但却一直都很静，白天所有人都在外面忙碌，晚上回来只是为了睡觉，轻微的鼾声在四面八方均匀地弥漫着，显得夜晚更加宁静，也更加安心。

后来又搬家，来到了三里屯，那小区叫东三里屯社区，是一个没电梯的老小区，小区隔壁就是著名的酒吧一条街，过马路就是太古里（当时还叫三里屯 Village）。虽然身处闹市，但这老房子质量真好，墙体厚实，冬暖夏凉，关上窗户就很安静，完全听不到外面一丝吵闹，楼上楼下的邻居也从来没有投诉过我弹琴。小区里有老人散步、下棋、养花、种草，四周也没什么高楼，采光充足，是闹中取静的好地方。那时每次跟朋友在三里屯逛完街、在小脏街吃完串串喝完酒后，要是有人问我怎么回家，我都很得意地往酒吧街指一指，说："看到'男孩女孩'酒吧了吗？我就住它背后。"这次是跟大学好友一起合租，两个卧室，她住一间，我和早高峰领路人合住一间，好在这次房间比较大，又可以一人一张床了。但还缺张桌子，我觉得普通桌子太无趣，就跑到旧货市场买了四个绿色铁皮文件柜，又买了一个门板，回到住处铁皮柜一边叠俩，放上门板，这个能储物的巨大桌子就做好了。

后来我和小张发了唱片，小张也搬来北京，于是我们搬到一起方便办公。那是一个在北京火车站斜对面老钱局胡同里的三合院，房东住在东侧，很少出现。小张住西侧，我住北侧偏房，大房间拿来做工作室，放了大桌子，电脑，一些简单的办公设施。我们有一个挺大的院子，院子里有两棵柏树，还有一棵臭椿树。

住在这个小院的那阵子，睡眠一直都很不错，不知道这是不是人们说的"接地气"的好处。为了让院子看起来丰富一些，还弄了乒乓球台，但北京户外夏天太热冬天太冷，平时又老刮大风，好天气并不太多，也就没打过几次。还买了烧烤架，好像也没用过几次。院子里时常会有野猫来串门，偶尔还有黄鼠狼。洗澡时经常看到浴室墙上爬着壁虎、蜈蚣和一些不知名动物，但大家相处得也不错，彼此相敬如宾，井水不犯河水。倒是人类比这些动物讨厌得多，我们去外地演出，回来发现小院被贼人翻墙入室，纱窗都划坏了，门也开了，不过啥也没偷走，因为真的没有值钱东西。

一次小张在树下用水管给院子里的土洒水，阳光明媚微风轻拂，我觉得那画面很美好，便拍了照发微博，结果忘记关定位，小院的位置准确无误地发布到了网上。虽然很快发现并删掉了定位，但还是被热心听众记了下来。本觉得自己不算什么了不起的人物，应该不至于有人会真的找来，结果过了没多久就有热心听众来小院门口敲门，往里面塞字条，或者在门口堵我们，还会往门把手上挂吃的。虽然这些朋友没什么恶意，但，你想想，你在家坐着，有陌生人在你门外走来走去，往门缝里看你，还是挺恐怖的，于是我们只好惜别了小院，再次搬家。从此也对隐私有了概念，毕竟防人之心不可无。

这次搬的这个小区在青年路，确实住着非常多的北漂青年，小区外是密密麻麻的小餐馆，不管加班到几点，回小区都有宵夜在等你。房租还比较合理，我和小张一人一间卧室，客厅腾出来办公。但这套房子不太大，客厅很快被我们的专辑和周边产品以及乐器塞得满满当当无处落脚。对这个屋子的记忆也不太多了，只记得一件事：吹风机一般会配一个窄窄的嘴儿，我喜欢把它竖着吹，但小张似乎喜欢把它横着用，于是每次吹头发都要拧一下吹风机的嘴儿，它就那样每天横过来竖过去的。

又一次搬家，我独自住在了三里屯附近的一个酒店式公寓，一室一厅，开放式厨房，卧室的门拉开就可以变成一个大开间。十分干净舒适的一个屋子，邻居安静，交通方便，也是在三里屯喝完酒可以直接走回家的距离（但实际上也并没有真的总去酒吧）。因为总算是看起来比较像样的独居生活了，有时便邀请奶奶来住上十天半个月的，终于又可以吃到熟悉的家常味道了。那阵子还买了一辆电瓶车，可以带奶奶出去四处溜达。

后来我和同事们又都搬到了酒仙桥附近，和公司在同一小区，走路上班只要十分钟。这次搬的房子特别大，一百五十平方米，刚搬进去的时候，我经常从卧室走到客厅就忘记自己为什么要来客厅了，在客厅和走廊徘徊几圈之后也还是想不起来，只好又走回卧室，希望能激发一点回忆。奶奶时不时来同住，同事们便会来我家吃饭，夸赞奶奶的好手艺。客厅是一大堆房东的便宜布艺沙发，特别占地方，又白又软，坐久了挺累。奶奶怕坐脏了，拆了我一床红白小格子的被罩当沙发罩，整个房间立马从假大空美式中产风摇身一变成为重庆老奶奶田园风。网购植物时商家送了我一小盆多肉植物，像一朵胖胖的小绿花，奶奶很喜欢，把它放在窗台上晒阳光，很克制地浇水。过了一年我们才发现，它居然是塑料的，奶奶哭笑不得。

在小区里又搬了一次，这次离公司更近了，出了电梯走到公司只要一分钟，真是方便我随时加班啊。这次吸取了经验，提前跟房东商议好了，把所有丑陋无聊且便宜还假装高级的家具全都扔掉了。换了一些或美丽或务实，或既美丽又务实的家具。小小的深绿布艺沙发，猫很喜欢。给奶奶买了硬躺椅、硬床垫，她很喜欢。满是格子的工作台，大量的书架，美丽的单人皮沙发和皮墩子，绿色的窗帘和橙红色的纱帘，还有两棵大大的植物，让这个住宅终于不像是出租屋了。而且楼层特别高，从厨房窗户往下看，可以看到坝河和一大片平房，早上会有一大群鸽子在平房上空飞舞盘旋，阳光晒在它们的翅膀上，晒在所有的屋顶上，那些烟囱冒着热气——谁家在做饭了。

2019 年年底疫情的时候我搬回了重庆，一个离开了十五年的地方。这个房子楼层很高，面朝长江，早上在落地窗前可以看到江面波光粼粼，行船从大桥下穿梭来往。太阳落山的时候，远处群山会呈现层层叠叠不同色度的蓝。也有很多时候江面雾气弥漫，窗外只有隐约的山和桥，还有轮船的汽笛声。我从北京把书架和单人沙发还有一些木质斗柜都搬回了重庆，单人沙发放在落地窗前，那是我的阅读角，可以看书、看山。房间里不需要大沙发，因为没那么多朋友；也没有电视机、电视柜，因为我不爱看电视；只有一个草垫子地毯在客厅中间，偶尔想看电影就用投影仪，放个厚垫子坐地毯上，背靠着书架看；也没有茶几，只有两个小小的置物台，看书或看电影的时候放在身边，可以放书、放酒水。另有一个书架专门放画册和摄影集，客厅的角落有我画画的空间，餐桌是一个大工作台，可以办公吃饭喝茶喝酒，旁边还有一个酒柜，疫情两年喝空了一柜。玄关墙上挂着我的山地自行车，墙边放了一堆我在网上淘来的绿色废弃木箱，其中、其上都放一些杂物和陈年旧物。这房子是有地暖的，自家烧壁挂炉采暖，完美隔开南方户外潮湿阴冷的空气。

交房的时候是精装标准，客厅贴满奶黄色墙布，我真的讨厌极了墙布这种东西，看似干净精致，实则无聊庸俗，你不好意思弄脏它，不好意思往上画东西，也贴不住任何胶布，我尝试在墙上贴的海报明信片都会过一晚就掉落，终于有一天被彻底惹怒，把墙布全部撕了，找人刷了灰色的艺术漆，那个漆质感不错，正着刷是一个颜色，反着刷又稍微变一点颜色，正正反反刷下来，墙壁斑斑驳驳，看起来又美丽又顽强，可以随便搞破坏，我终于拥有可以玷污自家墙壁的权力了：想打孔就打孔，想贴画就贴画，想撕就撕，有残留胶印也不怕，任何伤痕都只会让它更美丽，更有风味。

后来疫情控制得比较稳定了，稍微恢复工作，我又在北京租了个房，又回到四惠，小区就在我初次北漂与人合住的那个地铁站小区通惠家园的隔壁。这次如愿以偿住到了 loft，一楼是客厅、厨房、厕所和洗衣间，二楼是两个卧室和厕所、淋浴间。我把客厅里房东臭臭的沙发都扔了，换了一个小沙发，留出更多空间支了乐器设备练琴和工作。loft 的特点就是会有一个巨大的落地窗，窗外正好有树，经常看到鸟在外面的树上吵架。那阵子我硬着头皮尝试做饭，收藏了一大堆做菜的视频照着学，竟然还像模像样，做出麻婆豆腐、煎蛋丝瓜汤、大酱豆腐汤、彩椒炒牛肉这类的简单菜品，偶尔还挺好吃。

从我二楼卧室小窗户望出去，是隔壁通惠家园小区里日坛中学分校的操场，每天早上会有做操的广播，我只好塞着海绵耳塞睡，睡到一半某个耳塞又会不知去向，早上往往还是会被做操的音乐唤醒，但也不觉得很烦，想到他们年轻可爱无忧无虑，又确实需要锻炼，就觉得自己活该被吵醒。暑假的时候我弟弟来北京补习，住在了次卧，经常到了下午还在睡觉，他虽然设置了闹钟，但闹钟可以一直响，响好几分钟他也不会去按掉。后来我问他："你听见你闹钟响了吗？"他说听见了一点，但只要不去管它就能马上继续睡着。我说我好羡慕啊。

疫情结束后又重新换了房，这次租在一所医院旁边，走到医院只需三分钟。因为年岁渐长，痛风和颈椎病频繁发作，身体实在是虚弱，想着要是哪天突然发什么病，还能挣扎着爬到医院去自己挂号就诊。这小区虽然不大，但四周环境很好，都是小小的社区，路旁很多大树，还有专门给人散步遛狗的步道，以及很多小公园，这么宜居惬意的街道氛围在北京挺难得的。可惜这房子没有暖气，冬天只能吹热空调，又吵又燥。书柜也小得可怜，被我塞得满满当当，前阵子还被压垮了一格。

重庆的家偶尔会回去住住，北漂生活还在继续，搬家之路尚未停止。这些居所大多还停留在原地，会有别的人住进去，那些形形色色的床，承载过我的疲惫和精彩，现在又载着他人的眠梦与春光。

我常常觉得这漂泊的人生像是海上泛舟，换了一艘又一艘的船，朝着一个捉摸不透的灯塔行驶，时近时远。那些住过的房间偶尔会回到我的梦里，抽象为一个小小的阁楼，浮在海面，摇摇晃晃不知所终。

秦昊

2023 年 2 月 23 日 于北京酒仙桥

Q 阁楼春光

演唱：好妹妹
作词：秦昊
作曲：秦昊

几年几月　几楼几号　几平方
背靠着背　无处可藏
偶有诗情画意　大多里短家常
年华煮酒　挂面清汤

几番几次　几多风雨　几离散
小小阁楼　人海漂荡
最终收拾行李　丢下陈旧的床
抖落尘土　何处安放

想起南方寒夜漫长
俩人懒懒依偎　细语把歌唱
事到如今　书信还偷留了几张
存作遗憾　想了又想

再讲一讲　再讲一讲
讲到春光都泛黄
故事还没来得及收场
未完待续的那段时光

再讲一讲　再讲一讲
讲到藤儿爬满墙
轻轻推开了屋顶的窗
月光打湿　谁的脸庞

有位骗子姑娘

在那遥远的地方，有位骗子姑娘

一直觉得我奶奶的名字蛮有诗意，

姚远芳，

遥远的地方，

让我想起那首歌词：

在那遥远的地方，有位好姑娘。

奶奶是不是好姑娘我暂且不评论，但我越来越发现她是个爱撒谎的姑娘。

前些年我在北漂，奶奶时不时来北京陪我住个半年，说是互相照顾，其实是她照顾我更多，帮我收拾屋子做饭洗衣服。我从小就没有白色裤子，甚至也没有什么白衣服，因为家人是工人，劳动者怎么可以有这么不耐脏不实用的衣着呢？他们没有，我也不能拥有。

有次我突然想尝试，于是在三里屯买了条白裤子，开开心心穿过一次。过了一阵子整理衣柜，发现找不到这条裤子了，就问奶奶我的白裤子呢，奶奶反问：“什么白裤子？从来没见过什么白裤子。”

当时觉得可能是工作太忙，出差忘在外地或放在公司了，我脑子一向比较迷糊，就没当回事，又重新跑去买了一条白裤子，白裤子 2 号，穿完以后还是像往常一样扔进脏衣篓。过阵子之后，我发现白裤子 2 号也消失了！这也太不对劲了，于是我又问奶奶，我的白裤子呢。奶奶说：“白裤子？你哪儿有什么白裤子？你从来就没有买过白裤子！家里也从来没出现过白裤子！”

我当时的心情是“感到万分沮丧，甚至开始怀疑人生”。在一起生活更久之后，发生的几件别的事儿，让我明白了姚远芳这个女人，很不简单。

我在国贸买的无火香氛精油，插了挥发棒放客厅散香。那玩意儿本身也很好看，一个大扁方瓶，很多干燥的花花草草小红果子浸泡在精油里，鲜艳美丽不会腐烂。

随着日子慢慢过去，精油越来越少，剩一半了。又过了小半年，我渐渐发现不对劲：怎么不仅没有继续减少，还越来越多了？再仔细一看，那花花草草都有些烂掉了，小红果子也泡得像具浮尸，肿烂脱皮，这香氛也基本上不香了。这明显就是掺水了啊！

我于是问奶奶：“是不是往里面掺水了？”奶奶矢口否认：“我没有。”我又问：“那为什么里面的水位还是那么高，东西也泡烂了？”奶奶很坚决地说：“我怎么知道？我真的没有掺水！我为什么要掺水呢？”

因为实在没有证据，她表现得又很淡定，我在怀疑与自我怀疑之间再次陷入了僵局。

但她终于也有被抓到证据的时候。我在北漂之前也和奶奶一起住过一阵子，那时偶尔会觉得厕所里有香烟的味道，我还很纳闷，这房子盖得这么差劲吗？是楼上或是隔壁邻居抽烟飘到我家厕所了吗？当时开玩笑地问奶奶："是不是你在厕所抽烟？"奶奶严肃且生气地说："怎么可能！我这一辈子都没抽过烟，不可能会抽烟。"我当时也觉得冤枉她了，只好拿胶带把厕所的管道全部缠了一遍。

结果前几年在北京的某天，我宿醉口渴，起个大早摸到厨房喝水，忘了穿拖鞋所以走得悄无声息，推开厨房的门，奶奶开着窗，熟练地夹着一支烟，我俩面面相觑，相对无言。奶奶愣了一下，熟练地掐掉烟，解释说："最近心里有点不舒服才抽的。"

虽然内心满是破案的喜悦，但我没好意思嘲笑她，只好说："你要抽就抽呗，我又不介意，你不用躲着抽。"奶奶却坚持说："不抽了，以后都不抽了。"她这嘴也太硬了……

后来一次家庭聚餐中又聊起此事，弟弟笑着说，前几天又碰到奶奶在厨房抽烟了。奶奶脸一黑，假装没听见。于是我给奶奶网购了烟灰缸，过几日问她收到没，她说收到了，已经扔了。我说："好贵的，怎么扔了？"奶奶居然说："我不用烟灰缸，因为我不抽烟。"

这人设也咬得太死了吧！

但骗人这个事儿还是要你来我往的，你骗骗我，我也骗骗你。

北京的夏天还挺热，我经常下班回家发现家里热得要命，奶奶没在客厅待着，而是在厨房里开着空调用平板电脑看电视剧。我说：“你干吗在厨房里看剧啊？客厅有沙发多舒服，你去沙发上看电视啊。”

奶奶说：“客厅太热啦。”

我说：“那开空调不就好了吗？”

奶奶又说：“客厅那么大，开空调多费电啊。”

我说：“那电不就是为了让人过得舒服的吗？也花不了多少钱，何况又不要你掏钱。”

奶奶说：“那我在厨房里待着更舒服，厨房小，开空调省电，我心里舒服，你是不当家不知柴米贵啊……”

我真的要被气死了，但很快便想到一条妙计。过了两天回家打开门，冲进厨房暂停住奶奶的剧，兴高采烈（我装的）地跟她说：“哎你听说了吗？今天国家公布新政策了！”

奶奶问：“什么政策啊？”

我说：“国家说了，家里有七十五岁以上老年人的，国家要补贴三个月的空调费，开空调不要钱了……你多少岁来着？”

奶奶说：“真的啊？我八十岁了！”

我说：“呀，太好了！那咱们家开空调的电费就不收钱了，你可以随便开空调了！”

奶奶一边走到客厅打开空调，一边点头称赞：“国家真好！”

那几日家中真是仙境啊，下班回到家凉爽极了。但我为自己的聪明才智高兴了还没几天，事情就败露了。奶奶有天买菜回来，皱着眉头很严肃地问我：“你是不是骗我？”

我说："我骗你啥，你有啥好骗的？"

奶奶说："我刚才问了小区里的人……根本没有补贴空调费！"

我急忙说："可能那个人不知道，新政策还没有普及呢。"

奶奶说："我问了好几个人，他们都说我被骗了，你居然骗我！你这个小骗子！"

从那之后，奶奶又回归厨房看剧了，唉，心机女孩儿，段位高，太难骗了。

后来我们又搬回了重庆，虽然没有住在一起，但也不算远，我经常回去看她，一起吃饭。我发现天气冷了她都宁可穿厚衣服裹得像只熊，也不愿意开空调。我知道她省钱省习惯了，什么都喜欢"扛一下"再说，但她心脑血管不太好，不能受凉，我因为省钱这事儿跟她生过很多次气（包括有病不舒服都先扛一扛，实在不行了明显撑不住了才去看病，简直气炸我也）。后来我每次出差和她聊微信，就会提醒她开空调，并要求她用手机拍一张空调控制面板的照片给我。每天都发，看着还挺安心。

突然有天我察觉到不对劲，怎么最近几天的照片，角度和亮度都很相似？我打开聊天记录仔细一对比，再次气炸，气得我都笑了，简直欲哭无泪……她这几天发的居然是同一张照片！她为了应付我的检查，每次都发了同一张照片给我！这个女骗子！哪儿来那么多小心机啊？

有阵子公司拍MV，奶奶也有在里面客串一下，拍完我很紧张地问导演："奶奶演得行不行啊，会不会太做作太假？"

导演说："奶奶演得非常好，比你好多了，她特别会演戏！"

啊，那一刻我终于明白了，原来奶奶本质上就是一个老戏骨！我完全败下阵来。虽然拿她没办法，但也觉得这个老戏骨挺可爱，只希望她别再碰我的白裤子，爱抽烟就抽烟，合理开空调，健康长寿，早日拿下格莱美……

秦昊

2020年12月

Q 请你慢一些变老好吗

演唱：好妹妹

作词：秦昊

作曲：秦昊、刘胡轶

轻轻说　轻轻地抚摸
轻轻握住你苍老的手
你的手永远都那么温热
让我想起小时候
你总这样牵着我

慢慢走　慢慢地消瘦
慢慢慢慢你有些累了
偶尔停下来休息片刻
回望一路的坎坷
你总这样陪伴我

你的头发已经很白了
却又染上了青春的颜色
是舍不得时光匆匆流走
还是舍不得看我难过

请你慢一些变老好吗

还想带你看看远方

虽然那些远方是别人的故乡

但我的故乡　在你的身旁

请你慢一些变老好吗

就像我也不想长大

还想和你牵手晒晒太阳

聊聊泛黄的时光

请回答一九九八

前几天去电台上节目，主持人问我们：如果能回到小时候，最想回到哪一年？去改变一些什么？或是要回去满足什么心愿？

那是香港回归的次年，那年是伴随着王菲、那英的歌声展开的——“来吧，来吧，相约九八”。1998 这个数字是我这破烂脑袋能记起的为数不多的数字之一，我清晰地记得小学毕业照的右下方，有红色的数字，写着 1998。那应该是个 6 月，我站在比较中间的位置，穿着 T 恤和短裤，头大身子小，瘦弱而拘谨地缩成一团，笑得很害羞，是害羞不是尴尬，以我现在快四十岁的看人经验，能看出那是快乐而充满希望的，略带羞涩的笑容。

小学快毕业时，爷爷觉得我的成绩不是太理想，担心我考不上重点中学，又看我平时喜欢唱歌，于是打算让我报考重点中学的艺术特招生。爷爷帮我找了我家附近职业高中的声乐老师，每周末上一节课。从家里走到那个职高，要穿过一大片稻田，稻田的一侧是竹林和小溪，偶尔会有蛇，还有不知谁家的土狗对着人乱吼乱叫。

老师姓唐，我私下管他叫唐老鸭。唐老鸭老师总试图让我理解什么叫“用丹田发声”，气要往下走，但我实在无法理解，声音怎么可能从嗓子以外的地方发出来呢？那时我还没有变声，嗓子比较尖亮，发不出他那样浑厚的男声，于是唐老鸭老师决定剑走偏锋，让我选了女声的歌来参加考试，《小背篓》：“小背篓，晃悠悠，笑声中妈妈把我背下了吊脚楼……”现在想想真是很怪异的决定。

在我住的院子里，我唱歌还蛮有名，经常走在路上就被家长们拉住说：“来，昊儿，表演一个 ×××。”我也没脸没皮地就唱了起来，唱完大家拍手叫好。在学校也经常参加唱歌表演，所以总觉得唱歌这件事天生就会，就算临时抱佛脚只学俩月，应该也问题不大，估计爷爷也是这么想的。考试当天一大早，爷爷带着我坐了很久的公交车一起到了重点中学。时候尚早，我们在街上吃了早饭。那是我第一次吃那么大那么白那么软的包子，酱肉的，味道很不错，但价格昂贵。之前家里从没有吃过这么贵的包子，不过爷爷付款时做到了表情淡定，没有一丝犹豫。那时我才明白这个老头平时虽然很抠门，但出门在外该花钱的时候，他可一点不会手软。

一起吃完豪华大包子，就进学校排队准备考试了。排队的小朋友全都盛装打扮，女孩儿们穿着漂亮的礼服和裙子，男孩儿们穿小西装三件套，还打着小领结，我却朴实得令人侧目，像是走错了片场的临时演员，显得“鸡立鹤群”，气势上一下子就输了三分。大家还都化了妆，脸上搽了那时很流行的腮红，更显得我面无人色，惨不忍睹。

终于排到眼前，我和几个小朋友一起进到教室，家长们在外面长椅上等。有小朋友率先开始表演了，我才发现他们和我完全不是一个状态的，他们做足了准备，非常自信、非常专业，完全不像是儿童，更像一个个缩小了的大人。唱歌时表情丰富，眼睛瞪大，手势齐全，套路化的表演非常熟练。明明是小孩儿，却能模仿出类似大人的美声发音方式。

而我就像大观园里的刘姥姥，在装扮得琳琅满目的小朋友中察觉了自己的格格不入，非常局促，非常慌张，天旋地转，手足无措。终于到我演唱了，我却完全不敢看老师们的眼睛，只好看着墙壁，尖亮地唱了起来："小背篓，圆溜溜，歌声中妈妈把我背下了吊脚楼……"

唱完之后，余光看到了老师浅浅一笑，现在想想，老师们可能也觉得很荒谬吧：这个小男孩儿怎么会选了女声民通[①]歌曲……老师问："你跟谁学的啊？"我报了唐老鸭老师的本名，大家面面相觑。又问："你学了多久了？"我说："学了两个月了。"说完我就后悔了，别的小朋友应该都学了好几年了吧，我说自己学了两个月，会不会显得很不重视这个考试？但后悔也晚了，老师让我们都回家等消息，下一轮同学要进来表演了。

出了考场，我和爷爷相对无言。爷爷应该也感受到了差距，没有多说什么，很平静地带我一起坐车回家了。那时我家还

①近年来新兴的一种唱法，既有民族唱法的风味，又有通俗唱法的美感。

没有座机，电话号码留的是楼下小卖部的。那阵子放学后我就会趴在阳台上，看着楼下小卖部的窗口，等待着那永远不会到来的电话声响起，幻想小卖部的老太太兴高采烈地探头出来对着我家阳台大喊一声："秦昊！下来接电话！"

过了一阵子之后我就再也不去阳台上守望小卖部了，家里人也再没过问此事了。可能很多人都会在某个时刻突然明白这件事吧：自己大部分时候都只是一个配角，是来给别人的人生做铺垫的。因为人在年纪尚小的时候是分不清自我和世界的，总觉得自己的世界就是全世界，自己就是这个世界的中心，睁开眼睛时世界就开始运转，闭上眼睛后世界也暂停了。但那时我终于明白，那些装扮得琳琅满目的小朋友在某些时刻是比我更重要的，这个世界就像家门口的小河，我只是在里面随机地浮浮沉沉罢了，并不能主宰它的去向。

后来的生活真的就比较浮浮沉沉了，小学毕业的成绩出奇地好，远超过附近重点中学的分数线。但该校表示今年没有在我家那个小地方招生的计划，如果要去上学，就要交一大笔赞助费。家里实在拿不出那么多钱，但爷爷并不想让我继续在小地方上中学，于是举家搬迁到了附近的热闹镇子，读了一个半好不坏的普通中学。

所以我的 1998 是伴随着艺考、升学、搬家度过的，经历了家人的希望与失望，以及在妥协中继续怀揣希望。我爷爷是个活得很积极的人，他学历很低却学会了做会计，非常爱看书，会维修一切东西，会电焊，很少喝酒，不打牌，为我戒了烟。他总是满怀希望地觉得我一定可以成为家里第一个考上大学的人，于是教我读书，教我打算盘，不让我看电视，让我参加记忆力提升班，让我参加奥数班，让我去学了声乐，让我去繁华小镇上学，在我考大学之际还留好了钱，万一我考不上，还打算让我开一个维修手机的小店。

结果我讨厌看书，算盘全忘，爱看电视，记忆力奇差，数学停留在小学水平，乐理一塌糊涂且依然不会丹田发声，不会维修任何东西，别说修手机了，连用手机都经常被难倒。我痛恨他期望的一切，连考大学都考去了东北，远离家乡，远离家人。

如今已 2022 年，离 1998 年已经过去 24 年了，我的小学已经拆掉，中学也拆掉搬走了，爷爷早已去世，奶奶身体每况愈下。世界也有了新的烦恼，人们困在家里，困在小区里，困在城市里，困在一条河里随机地起起伏伏。

如果回到 1998 年，我不想改变任何事情，因为我知道一切无法变得更好，也并没有什么想要满足的愿望。也许会回学校好好看一看，拍点照片做纪念，在稻田边散散步，在小河旁发发呆，爬六层楼回家吃个饭，告诉我的爷爷谢谢他的期待，我办不到，但我会自己好好活着，我会很想家，很想他。

秦昊

2022 年 5 月 27 日 于成都

演唱：好妹妹

作词：秦昊

作曲：秦昊

Q 南来的风

南来的风

有茉莉的芬芳

像你当时什么都不懂的笑

南来的风

有故乡的味道

像我儿时漫山遍野地奔跑

我怕我会眷恋

眷恋你的模样

总让我忍着眼泪望着远方

我怕我会遗忘

遗忘我的模样

就回不去曾经告别的故乡

爷爷的书

我做过一件非常对不起我爷爷的事情，现在想来都觉得很惭愧。

我爷爷小时候家里穷，上学只上到初中，但由于太热爱学习，中年之后竟然靠自学当上了单位会计，每天又是算盘又是计算器的。爷爷酷爱看书，我小学时，家里有一大书柜的书，四大名著自不用说，四书五经唐诗宋词都齐备，秘史野史也是好多本，西方名著也有一堆，还有当年流行的苏俄文学。那些书（恐怕得尊称为著作）都硕大一本，字小且密，没有美丽的封面和插图，一本本板着个脸立在书柜里，像是好几百个我爷爷在瞪着我。我就在这些书的注视下念完整个小学并几乎没有去冒犯它们，大家井水不犯河水。

但也不是完全没读过，小学低年级起我爷爷就强烈推荐（就是强迫）我在假期读《基督山伯爵》以及《福尔摩斯探案集》，但我儿时真不爱看书，只喜欢听歌看动画片看电视剧，于是每个假期都只能很艰难地阅读一点，只要爷爷一走进房间，我就在看书，只要他走远了，我的思想也立马走远，只剩空壳在捧着书。到寒假看半本基督山，到暑假读几篇福尔摩斯，寒暑交替，小学都毕业了，基督山伯爵和福尔摩斯的故事左眼进右眼出，完全忘记了。只记得福尔摩斯有一集有个人上吊死了，被作者形容为“脖子被拉得很长，像只拔了毛挂起来的死鸡”，从此我便不爱吃鸡。

爷爷发现我不是读书的材料，也就放弃了用书籍来撼动我精神世界的想法，在搬家时默默把那些书全部放大木箱子里，塞进床底下。于是我上初中后，新家终于不再有威严的书柜瞪着我了。我家那时搬到了热闹非凡的小镇，满街游戏厅，唱片店，漫画书店，我也就更不愿意读书了。上学之余要么看漫画，要么听歌，但最喜欢的还是打游戏机。

我打得最好的是“拳皇”系列的街机，可能现在很多小朋友都既不晓得拳皇是啥也不晓得街机为何物了。一台人那么高的机器，大屏幕在前方，下方俩控制杆和一堆按键，可单打电脑也可与人对打，通过控制杆和按键的组合可发招——连招，大招，此为街机。一群帅哥美女奇人异士在屏幕里被我操控，打打杀杀，好不痛快。但打游戏机需要钱，我没有零花钱，便从伙食里节省：每天早饭预算是两块钱，要省出一块钱来买四个币。

但镇子太小了，来来去去就那么几家游戏机店，难免会被邻居同学老师碰见，爷爷闻风而动，时常跑到游戏厅抓我。有时候在游戏里打“人”打得正起劲，爷爷就不知道从何处冲过来揪着我的耳朵回家暴揍。好吧，我在此处打了“人”，在彼处就要挨打，原来这就是世间的真理。

奶奶知道我打游戏的钱是怎么来的了，于是克扣了我的早饭钱，买了早饭让我在家吃。于是我就省出午饭钱来买币，被抓到若干次之后，午饭也必须在家吃了，于是我又省出各种学杂补课费用来打游戏，经常谎称买学习资料。

上高中时互联网终于在镇子里普及，网吧遍地开花，两块钱一小时任君遨游冲浪联网游戏。不爱学习的我有很多时间可以泡网吧，但苦于没有那么多钱交网费，周末能上几个小时的网吧对我来说还是挺奢侈的。某次路过家门口的废品回收站，眼前一亮，动了邪念，想起废纸可以卖钱，不看的书那可不就是废纸吗？于是趁爷爷奶奶出门散步时，我从床下拖出那几大箱子书，毫不犹豫地拿去卖废纸了，卖出一笔不小的费用。那可真是很多很多的书啊。

有了钱又能上网了，在网吧玩《传奇》玩到不可自拔，经常旷掉晚自习或者周末玩通宵。直到有天晚上做了个梦，梦到我进入了游戏里，被人一刀秒杀，装备爆了一地，我痛苦地看着那些闪着光的装备被人一样样捡走，大叫着从梦里醒来。

那之后我突然就戒掉游戏了，到现在三十好几了手机里也一直没有任何游戏，有时想尝试玩一玩，玩不了两天就删之大吉。不是因为不好玩，而是因为太好玩了，我知道自己没有自控能力，便长出一只无形的手，让它揪住我的耳朵，离开那些诱人的声色。

爷爷到去世都不知道床底下他珍藏的那些大部头，全都被我变成了废纸，每每想到这件事我都很难过。现在我家里有三大柜子的书，前几天做了整理，中国作家一大柜，外国作家一小柜，美术设计类一巨大柜。还认识了一些主编朋友，常常可以收到最新的书和样书，阅读已经成为生活里很重要的一部分了。

基督山伯爵的命运我终于知晓，通灵宝玉的故事也读了好几遍，宋词的书此刻就在手边……那些被我卖掉的书，以新的包装新的面貌，又回到了我的身边。有时看到它们，会想起我爷爷，想起他在台灯下拿起一本书温柔地翻阅。这满墙的书终于不再恶狠狠地瞪着我，而是温柔地陪伴我，许多许多夜晚。

秦昊

2021 年 11 月 4 日 于北京

春“劫”

对过年的印象，我只有几个画面，且零零散散东拼西凑，像在玻璃桌板下压了太多年揭下来时扯坏了的照片。

小学时我和爷爷奶奶住在单位大院里，家中全靠两位老人的工资维生，比较拮据，所以到了年三十虽然也会应景地买一些鞭炮，但也就一两串，意思意思听个响就得了。有一年开始热销那种能喷出小火球的“金箍棒”，爷爷乐呵呵地买了三根回家。院子里有些下海赚了钱的邻居境界很不同，你买个礼花，他搞个礼炮，大家攒着劲比试。小院的天空一到夜里十二点果然精彩纷呈，漫天开花，此起彼伏。我家住顶楼，感觉离天空比较近，看得格外清楚，格外震撼。

爷爷拿出“金箍棒”，我们轮番在小小的窗口点燃，看瘦弱的火珠子“噗”的一声，像放了个屁似的，喷入天空中，喷入了那漫天的火海中，如同投石入海，瞬间消失。还买了一些“蹿天猴”，吱地射入乱流，也不知炸没炸。我们玩得很开心，看到漫天的礼花更开心。奶奶意味深长地说，那些人花那么多钱买那么大的礼花，还不就是那一下下就没了，而且我们也都欣赏到了，还不用花钱。意思就是他们其实亏了，我们才是赚了，有种别人点燃人民币在为我们照光的感觉。

现在想想真是很实用的人生哲理啊。

后来有阵子禁止自家放鞭炮礼花了，竟有人想出了用气球来代替，气球应该没想到自己还能成为鞭炮的平替吧。那年爷爷买了一大包小气球，我们在家里打了一下午气，吃完晚饭看着春晚手里也还在忙着给气球打气，鼓鼓囊囊的各色小气球充满了我们小小的客厅。十二点电视机里钟声一响，我们仨就高高兴兴踩起了气球，噼里啪啦，倒是和放鞭炮一样热闹，还更有趣一些，毕竟鞭炮是自己炸自己，气球却得人来一个个消灭。我们踩得满脸通红热火朝天，到最后还抢着踩，两个老的也不让我这个小的，大家笑作一团。

偶尔也会有亲戚朋友来一起吃年夜饭，还给我压岁钱。跟大部分孩子一样，我的压岁钱也统统被奶奶以“帮你存着”为由收走，又以“帮你交学费了”为由拒不兑现。奶奶在半夜十二点半左右会煮她自己包的汤圆，一碗十个，五个甜的五个咸的，如果容我过度解读，这也算是一种人生哲理了。甜的是黑芝麻糖馅儿，里面要有猪油和陈皮才香。咸的居然是酸豆角肉末馅儿，这放网上讨论估计够引起骂仗了。

中学时搬到热闹的镇子，附近有个很大的体育场，年三十晚上大家会在里面统一放烟花，从我家可以很清楚地看到。那年我的曾祖母来我家过年，全家人开开心心吃饭喝酒看春晚，到了零点一起在窗边欣赏漫天烟花。曾祖母那天特别开心，吃得也多，话也不少。我还记得她戴着浅紫色毛线帽，穿着厚棉衣，笑眯眯地往窗外看烟花的模样。

次日早晨曾祖母很安详地去世了，我的爷爷就在那样欢乐祥和的日子里失去了母亲。

那体育场后来改建成了商场，这地方再也没有那么大规模的烟花了。有时候吃完年夜饭，我在家也待不住，干脆就跑去网吧包夜上网了。网上可真热闹啊，好多同样无聊的人，大家在聊天室和论坛畅所欲言，比在家看晚会有意思多了。

之后关于春节的回忆就越来越少了。我读大学去了长春，爷爷奶奶搬去了西安。有年寒假赶火车回西安，路上遇到暴雪，火车停在路边一天一夜，水也没了，吃的也没了，弹尽粮绝，连 MP3 都没电了，只能迷迷糊糊昏睡着熬时间。窗外是白茫茫的冬，回家的路真是漫长。

也是这年的春节，爷爷出车祸去世了，在一个他们轻松散步的午后，奶奶失去了丈夫。

打这之后我就特别害怕过春节，不仅因为爷爷没了，还因为奶奶也只剩半个了：不好好吃饭，不好好看电视，不好好坐着，不好好站着，不好好出去玩，不好好说话，整个人都呈现一种将就活着的别扭姿态。但那时的我还感觉不到这些，我还想象不出来一个和自己生活大半辈子的爱人突然离去意味着什么。

我家的春节再也没有了精气神，虽然姑妈和爸爸也来一起吃饭，偶尔也还有一些亲戚朋友，奶奶也还做饭，也还一起看晚会，但整个氛围不对了，特别是吃完饭大家各自回了家，最后只剩奶奶和我两个人，收拾着屋子。那几天电视机必须总开着，不然屋子里就是空的。这样救不回来的寒冷和寂寥，像暴雪时车窗外白茫茫的冬，很漫长，很难熬，只能迷迷糊糊混日子。

前些年我试过不回家过年，彻底放弃和那样的场面做斗争。春节前回家待一阵子，临近春运就溜了，在北京自己待着，天天吃外卖喝酒看书，等春节过完大家都开始正常上班了，我再错峰回家待一阵子。这一前一后的“待一阵子”都像是种补偿，向我奶奶证明“我不是不想陪你，只是不想一起过年”。

其实也是不想面对节日对人施加的“要快乐”的要求。节日明明是人们的愿望形成的东西，年头久了竟成了怪物，反过来要求人们举家团聚欢天喜地。我确实不喜欢一群人聚在一起对一个特殊的日子进行一个专门的仪式来阐述一种特殊的期待。对奶奶这样横着心要将就活着的人和我这样明白祝福和愿望只会带来失望的人，这样的仪式更像是个劫。我们都是很扫兴的人。

前两天跟奶奶打电话说，春节不想回重庆了，想自己在北京待着。奶奶也没想好好说服我，三言两语之后就说让我看着办吧都可以。但我刚才又后悔了，跟她说还是回去吧，她也没有显得很高兴，只是问我在做啥，有没有吃饭。我才想起这么晚了还没有吃晚饭。有些想念奶奶了。

算了，就忘记什么节不节的吧，和珍重的人相聚的日子都是节，也都是平常日子，像我家那碗汤圆，不用全是甜的。

秦昊

2022 年 1 月 4 日 于北京三里屯

Q 常客

演唱：秦昊
作词：秦昊
作曲：秦昊

当所有未知　在此降落
地上的人啊　天上的河
最熟悉的　是最遥远的
彼此收留　言不由衷

有多亲密　就有多脆弱
小心翼翼　相互索求
有人来了　也有人走
聚散容易　无从言说

你会不会　恋恋不舍
我们终究只是路过一段平凡的生活

我会不会　恋恋不舍

直到告别时才握紧你的双手

后来总能回想起漫长的时间之中

我们曾交换的温柔

我们曾轻声地问候

把梦做完

一小段一小段把梦做完

小段的故事跟大多数人生差不多，像篇散文，一小段一小段似乎相关，但最终也凑不成一个精彩的故事。

“走了一段
他的耳机牵着你的夏天”

我小时候，听音乐还是件奢侈的事情，因为它需要一些设备。我的设备是复读机，放磁带的那种，骗家里人学英语必须要有这个玩意儿，爷爷才斥巨资给我买来的。英语没好好学，但听了不少流行歌。我那复读机质量不太好，音调偏高。耳机质量也差，地摊上几块钱买来的，低音一点也没有，导致我现在都不太能听懂贝斯。但小段的设备就很好，进口的 walkman[①]，原装的耳机，我俩分一副耳机，慢跑在西安的

①随身听。

二环南路东段。

俩人分一副耳机怎么能跑步呢？现在想想觉得很荒谬，那姿势一定很难受：贴得很近，蹭来蹭去，胆战心惊。耳机线挺长的，但也总掉，我不记得那一路耳机被拽掉了多少次，也不知道为什么我们非要坚持用这个姿势跑一个早上。

虽然那天晨风微寒，小段还是出了满脑袋汗，回程我们跑到了一家桃酥店，我用所有的钱买了桃酥扔进小段包里，准备去她家继续听歌，分食桃酥。结果她打开家门瞅了瞅，立马把我阻拦在外，小声说："我爸在家，你先走吧，下次见。"

我发现没有钱再坐公交车回家，只好慢慢跑回去，一路回味刚才听的宇多田光的专辑《Distance》，距离。我们的距离一度很近，但终究还是远了，远到我已经记不起之后我们是否还见过。只记得那一段路我们跑得脸红心跳，宇多田光一直在唱"Can you keep a secret"，小段一脑袋的汗和那一小袋我至今不知道是什么滋味的桃酥。

"那个傍晚
偷走他的笑陪你失眠"

另一个小段是前桌同学，跟青春片的情节差不多，后桌喜欢扯前桌同学的辫子，或者往前桌同学背上粘"我是白痴"之类字样的纸片。但我和小段喜欢上课写字条聊天。她写完就把字条搓得很小很小，假装拨弄头发往后一扔，扔到我桌上。我写完就戳戳小段的后背，她又假装撩头发，伸手来接住我的字条。

每个月大扫除收拾桌子都会翻出一大堆我们的字条。聊了些什么呢？大概就是各自家事，朋友琐事，《还珠格格》剧情，张信哲新专辑之类。我们都特别爱张信哲，我甚至把自己英文名都取得跟张信哲一样，叫 Jeff。我俩都有抄歌词的小本子，张信哲在里面是重头戏，谁先抄了新歌词就会被借去誊抄。体育课时我们还会偷偷溜回教室，一起小声地照着歌词本唱歌。

“我对你有一点动心，不知结果是悲伤还是喜……”

大概有一整个学期，每天下了晚自习，我都会陪小段走回她家，一个和我家完全不顺路的地方。重庆老下雨，我俩打一把伞，走在小雨里，走在夜市里，走在路灯的光里。有时聊得太开心，她又陪我走回家，然后我又再次送她回家。如此循环往复，没完没了，叽叽喳喳，笑个不停。

小段很爱笑，门牙很大，笑起来引人注目。我则是满脸心事，病恹恹的样子，所以很羡慕这么爽朗的人，想离这个笑更近，想把这个笑占据。那阵子我最爱的歌是张信哲的《难以抗拒你容颜》：“把心画在写给你的信中，希望偶尔能够见到你微笑的容颜。”

最后一张字条的内容是我的表白，然后就再没收到回复了。后来再聊天，她也很少对我笑，甚至还有一丝忧愁和勉强，我们终于疏远了。那段没完没了的路，也终于走完了。不知道她现在再听见张信哲的歌，会不会想到一个也叫 Jeff 的男孩儿，陪她在小雨中夜市里路灯的光下走了那么一小段，又一小段。

"哭了笑了都已完结

新的偶像每天都在上线"

小段在文艺会演上和两个女同学一起演唱S.H.E的《花都开好了》时，我在台下一边气愤自己的街舞节目没被选上，一边又很感慨台上那个女孩儿长得也太像Selina了吧。没想到下一学期我们就分到了同班，全年级最差的班。

有多差呢，就是班主任也不指望我们能考上大学，只要我们能活着念完高中就行。男生们上课一般都在睡觉，睡醒了就打架斗殴。女生们动不动就请假，就算来上课也是在疯狂涂指甲油，看言情小说，以及永不停歇地修剪头发的分叉。

我当时在学美术，但画得普通，成绩也普通，未来一片迷茫，唯一坚定的事就是自己要离开这个鬼地方。我和小段经常逃课跑到江边，坐在大石头上，望着对面发电站的两根大烟囱，一聊就是一下午。小段喜欢追星，常跟我分享这个明星的星座，那个明星的绯闻，F4的近况，等等，说到喜欢的男明星还会脸红。但她喜欢的明星经常更换，从后街男孩到H.O.T[①]到周渝民到Aaron Carter[②]然后又是Tae[③]，我也就跟着听了不少。

超级女声火爆那年，班里很多女生都把头发烫成了李宇

①韩国SM娱乐有限公司于1996年推出的男子组合。

②亚伦·卡特，美国男歌手。

③中文名叫唐宸禹，泰国男演员、歌手。

春或周笔畅同款，小段也不例外。但小段的甜美长相配上爆炸狮子头其实挺不协调，还显得头巨大。狮子头小段那会儿也拥有了明星梦，经常在江边大石头上唱歌给我听，她一边唱，我一边烤玉米，我还要学评委老师的语气来夸她，让她开心，她才会和我一起啃玉米。但她唱歌的水平的确和我烤玉米的水平一样糟糕。小段视力不太好，但为了好看，坚持不戴眼镜，所以我估计她从没看到过我在江边最大那棵树上刻下的我俩的名字。

小段来我家吃过几次饭。虽然还有别的同学一起，但我奶奶姚女士唯独不喜欢小段。除了小段烫头之外，更重要的原因是有次她伙同几个女生来我家看球赛，不过完全是冲着贝克汉姆来的，只要有贝克汉姆的镜头，小段就不停轻声尖叫“好帅好帅”，脸红到脖子根。姚女士事后跟我说，一个女孩子，头发烫成那样，看电视上的男明星还要喊叫，太不像话了，以后别喊她来家里吃饭了。

后来全班考上本科的就我一个。我终于如愿以偿，远远地离开了。

离开故乡多年，再回重庆生活时自己都三十好几了，变化很大。姚女士变化也不小，前阵子回家吃饭，刚烫了头不久的姚女士吃着吃着，突然端着饭碗就坐到电视机前看《伪装者》，还给我介绍：“这是王凯，长得很帅，这是胡歌，这是靳东。”我说：“你倒是先吃饭啊！”她说：“不行，最后一集了。”我问：“胡歌帅还是靳东帅啊？”姚女士答：“王凯最帅。”

家乡变化也大，江边已经修成新小区，大石头和小寺庙都没了，树也没了，树上的名字和小段的明星梦都被连根拔掉，下落不明了。但生活还在继续，小段跟我联系过，在QQ上，她说，看到你在电视里表演节目了，为你高兴，也听了你的歌，真好听，如果你见到王一博，可以帮我要个签名吗？

“用别人的热闹填满遗憾

明天一个人再走一段”

去年有幸为汪苏泷的新专辑《大娱乐家》其中的一首歌填词，我最后把歌名定作《小段》。关于这首歌，我一直都有很多想说的，又觉得思绪散乱，不知道怎样才能写成一个完整的故事。后来看到小泷在综艺里现场演唱《小段》的视频，十分美好，于是我百感交集地写下了这篇文字。

《小段》这首歌的策划案需要我描写一个人物，从他的角度去看过去十年娱乐生活、娱乐消费的变化。于是我创造了小段这个角色，她是由我回忆里的很多人杂糅成的，她和你我一样，有自己喜欢的文化或亚文化，追星追剧，看他人的热闹，看兴盛与消失，偶尔听到一首老歌想到某段岁月，会感慨时光的变迁。

这十几年音乐行业也发生了巨大转变，主流的获取与聆听方式都与从前不同了。我自己就经历了从听唱片、听广播，到每天看电视上的最新MV，到去唱片店和地摊上买最新的专辑，买CD、VCD、DVD，然后可以在网上听音乐，我们有了MP3、MP4，再到后来手机也可以听歌。音乐变得唾手可得，但好的音乐却像大海捞针。现在我身边的家人朋友，接受音乐的途径都是看综艺节目，节目上的爆款热歌会出现在大家的手机歌单里，在商店饭店街头巷尾各种公共场所播放并传唱。那些歌曲已经被新的编曲、现场乐队、节目包装效果、丰富的镜头切换、观众的反应等等，赋予了更多更立体更娱乐化的意义了。

人终究是脆弱而孤独的，需要靠娱乐靠消费，来打发一些寂寞，来得到一些力量。我们要感谢听过的那些歌，爱过的那些歌手，是他们填满了回忆的场景，连接起了那一小段一小段的人生，在我们的青春里，持续地闪着光。

秦昊

2021 年 1 月 26 日

演唱：汪苏泷
作曲：汪苏泷
作词：秦昊

小段

走了一段
他的耳机牵着你的夏天
那个傍晚
你装作不在意看一眼那个男孩
偷走他的笑陪你失眠

一起等待
电视的屏幕又亮了起来
哭了笑了都已完结
那些精彩
都随他定格在了几张相片

只好就一小段一小段把话说完
然后一整天一整天扮演可笑的勇敢
将时间缩短
用别人的热闹填满遗憾

只好就一小段一小段把梦做完
然后一整夜一整夜聆听过时的唱片

熟悉却与你无关

你会　慢慢醒　慢慢懂　慢慢习惯

昨天太远

明天一个人再走一段

看　新的偶像每天都在上线

却还发现　熟悉的脸　那个少年

你是否暂停了想多看一眼

听着他一小段一小段把歌唱完

想起一小段一小段快要模糊的情节

散落的音乐

结束时滚动的下一集再见

听着他一小段一小段把歌唱完

拼凑一小段一小段忘了存档的伤感

反复按下了开关

褪了流行的回忆撑了好几年

转了一圈

还是一个人回到原点

只好就一小段一小段把话说完
然后一整天一整天扮演可笑的勇敢
将时间缩短
用别人的热闹填满遗憾

只好就一小段一小段把梦做完
然后一整夜一整夜聆听过时的唱片
熟悉却与你无关
你会　慢慢醒　慢慢懂　慢慢习惯
昨天太远
明天一个人再走一段

当我们谈论猫时，我们在谈论什么

猫一定是世界上最可爱的动物吧！

是的，至少在拥有猫之前，我真的是这么想的。

在北京住了七八年之后，我终于决定要养只猫，我养猫的原因很俗，就是看朋友们都有猫，觉得眼馋而已。那时我奶奶姚女士也常常和我一起住在北京，我试探地问了她几次，她都很抗拒。我还拉她去朋友家看猫摸猫，朋友家的猫很乖巧，充满了人性，我以为可以感化她，没想到她还是很坚决地不同意，并提出了以下几个问题：

Ask / **1** 猫很脏，到处拉屎撒尿咋办？

Answer / 答 不会，现在的猫很有智慧，能自己在固定的地方拉屎撒尿，堪比人类。

Ask / **2** 猫掉毛，弄得到处是猫毛咋办？

Answer / 答 不会，养的是短毛猫，不掉毛。

Ask / 3 养猫有什么用?

啊这……这个问题很形而上，值得思考。啥叫有用啥叫没用？没想到姚女士还有这么简洁却高远的思想境界，但其实我也能认同，虽然我觉得猫很可爱，但可爱确实没啥了不起，毛绒玩具也可爱，动漫角色也很可爱，很多东西都可爱，可见“可爱”二字的定义是可以被替代和转移的，没有唯一性，没有持久性，易得易抛。按照老一辈人对“有用”的定义，能帮助人吃饱穿暖或解决生活中的问题，就算是有用之物。但我对吃猫穿猫都没有兴趣，猫也不能解决我什么实际问题，不能帮我考研考驾照，不能帮我做饭晾衣服，甚至连陪我喝两杯酒说说闲话都办不到，可以说是相当没用了。

但按照这个标准来看，艺术也是没用的，可是人类怎离得开艺术呢？猫和艺术一般无用，四舍五入，猫就等于艺术，人类离不开猫！我也是人类，所以我需要猫！

姚女士肯定无法从艺术的角度理解此事，于是我骗她说，美国科学家已经研究表明，养猫对老年人身体非常好，猫会释放一种猫分子，能缓解焦虑情绪，治疗心脑血管疾病，提高免疫力，延年益寿，可见猫是很有用的动物。没想到奶奶既不信艺术也不信科学，还跟我说，要是猫敢踏进大门一步，立马把它从二十九楼扔下去。

我突然反应过来，我都三十好几的人了，怎么养个猫还这么费劲？你不让我养，我偏要养。于是家里的第一只猫就在我和姚女士明争暗斗抢夺家庭主权的恶劣关系中来到了。

结果姚女士不仅没有舍得把猫从楼上扔下去，还对猫不错，养熟了之后又是摸又是喊，经常过度喂零食……不过，短毛猫真的很掉毛，家里经常细毛满天飞，建议各位养猫之前还是多了解一下各种猫的特点和习性吧，不要像我，凭两只贪婪之眼和一股好胜之气就冲动养猫。

我家的猫是所谓的蓝金渐层英短，小时候很美，小尖脸大眼睛。来的第一天我就很期待它钻我被窝，于是晚上专门给它留了门。当晚我睡得很不好，数次梦到猫钻进我怀里了，数次惊醒过来查看床上有没有猫，结果一整晚别说猫了，连根毛都没有。我也试图理解，猫第一天来比较怕生或者害羞，过两天兴许就好了，于是我连续一周都开着门睡觉，猫偶尔会进房间，但也只是躲在我床下面，空留一地猫毛，从不上床陪睡。

这一周经历了从期待到失落到平静到醒悟，这便是猫教给我的第一件事：不要对猫有期待。

后来便关门睡觉了，但猫却在我关门睡觉之后经常来挠门，有时候把我挠烦了就去给它开门，开了门它也不进来，探头探脑地看看，最多进来逛一圈，然后自己又走了。有时候重复太多次，严重影响我睡眠，我终于失去耐心，打开房门拖鞋伺候，猫一见拖鞋拔腿就跑，但过会儿依旧来挠门，仿佛我对它做了什么都无所谓，它并不放在心上，只专心发自己的疯。

后来我只好戴耳塞睡觉，你挠你的门，我睡我的觉。这是猫教给我的第二件事：当猫发疯的时候，不要理会，不用沟通，认命就行。

我的猫还有个跟别的猫很不同的地方，当然，这也可能是我误会了别的猫。经常看网络上的模范猫咪，让人抱让人亲，会跟人头碰头。但我的猫却不让我抱，普通的抚摸它还是很喜欢的，但只要一抱它，哪怕只是试图要抱它，它都会崩溃，不耐烦，拼命挣脱。一开始我还不信邪，觉得多抱抱就会好，最后只留下胳膊上深深浅浅的猫爪印。它似乎很不喜欢被控制，除了不愿意被抱，也不愿意剪指甲，不愿意我亲它，不愿意进猫包或者被关在狭小的地方，必须用猫条来引诱它才可以勉强抱几秒，或快速剪一下指甲。

这是猫教给我的第三和第四件事：尊重猫的习惯和喜恶，以及要像猫一样明确表达自己的喜恶。

猫有时候会突然性情大变，异常黏人，对你又是蹭又是叫，姚女士因此觉得猫很喜欢她，他们之间有一种很深的情缘。后来我发现她想多了，他们之间没啥特别的，只是因为她经常偷偷喂它吃猫条罢了。我自己独居的时候，猫饿了就会跑来黏我，又是蹭又是叫，看我的眼神充满了渴望，态度非常好。我也恍惚以为我和猫终于建立了某种情缘，后来发现它只是饿了，一旦喂饱了之后，立马翻脸不认人，再想让它对你撒娇是万万不可能了，看我的眼神又恢复了嫌弃。配合它后来胖了的样子，表情更显得傲慢讥讽。

这是猫教给我的第五件事：认清自己的位置和价值，猫到底图你啥，心里要有数。

后来有个机会给它配了女朋友，它便有了个儿子。本以为猫儿子会比猫爸爸性格好一些，毕竟从小在家里长大。后来发现，它俩如出一辙，猫儿子居然也不喜欢被抱被亲，吃饱了同样不理人，晚上同样发疯挠门。

这是猫教给我的第六件事：上梁不正下梁歪。

看到这里你肯定在想，这不就是借猫喻人的老把戏吗？嗯，确实是的，但人五花八门千奇百怪，具有极大的迷惑性，经常会让人忘记人是多讨厌的生物，对他人和自己产生一些错误的期待。猫却是很好归纳也很好观察的对象，可以借猫喻人，以猫度人，望猫思人，猫的人性和人的动物性时常有呈镜面状的对照，看到猫就该明白，人也不过就是这么一个东西。认清自己，心里有数。放下滤镜，立地成人。

秦昊

2022 年 12 月 17 日 于北京

2

但愿那海风再起

我的十八岁已经很遥远了，
但十八岁的我还藏在心里某个角落，
时不时从一场美梦中冒出脑袋，
跟我打招呼：

嘿，该起来上课了；
嘿，同学们都在等你上台了；
嘿，今天也要加油啊小秦。

那年我们十八岁

那年我们十八岁

因为神经较敏感，我几乎每晚都做梦，常梦到的是：躲避追杀，狂奔，跟人发生口角或打斗，回到学生时代。这些梦真是浅显到都不需要做精神分析。

“回到学生时代”的梦一般会令我比较平静和舒适，上上周梦到自己终于考研成功，校园郁郁葱葱，寝室是老旧房子，和室友一起收拾寝室、计划学习内容、上课。由于没拉窗帘，我是被太阳晒醒的，醒来觉得特别高兴，那天的阳光灿烂得像学生时代任何一个晴天的教室窗外。

我也真的考过研，在毕业一年后，那时还不敢相信自己真的上班了，于是半开玩笑半认真地考了江南大学的研，结果可想而知。有个版本的说法是，《我到外地去看你》的歌词中，“那一年我二十一，那年你二十七”，二十一是我政治成绩，二十七是英语成绩……对这个说法我要保持沉默。

还记得刚上大学那天，我爸送我到学校后，就自己跑市里去参观了，我独自看着漫天飘舞的挂着欢迎标语的大气球，对未知的大学生活既紧张又向往。动画学院的同学都挺特别，衣着夸张，头发五颜六色，但不久之后就开始军训，所有个性打扮都统一成了烈日下生无可恋的表情。每当有女生晕倒或拿出例假的证明时（居然有这种东西），大家都会投去羡慕的眼神。

然后我看到了迎新晚会选节目的告示，并注明需要每天排练，可能会耽误军训。

耽误军训?!

毫不犹豫就报了名。当时我还不太了解有人喜欢听我唱歌这件事，从学姐学长看我的眼神中才逐渐摸出这个讯息。然后我就很少去参加军训了，两分多钟的串烧节目每天都去彩排，虽然现在想来无聊至极，充满了大学生本能地想模拟成人社会的好笑正经感，但当时觉得只要不军训怎样都行，何况唱歌对我来说真的很容易，比专业课容易多了。

那次我唱的是陶喆的《爱，很简单》，那时的我还没好好爱过一个人，那时的生活也真的很简单。

后来我上了学校几乎所有晚会，那几年条件简陋，在教学楼门口搭个台子，或在学生活动中心，给个麦克风就能唱了，通常是完全听不到自己的声音，不知在唱些啥。学生会的女同学负责帮大家化妆，脸要白嘴要红，男生还要画眼线，我被她的眼线笔戳得哭天喊地，导致我到现在看到眼线笔都会头皮一紧。随着年级的增长唱歌也越发油腻，就还是大学生喜欢模仿中年人的那一套……穿个亮片装露出白皮带嘴里叼着玫瑰花就上台了。

专业老师跟我关系都还挺不错，那时学校才开办没有几年，卡漫[1]专业的同学很少，但功底深厚的同学不少。我属于天赋很差但剑走偏锋的，毕业设计要求大家画一套图，七张左右就算一套了。但我想既然水平超不过别的同学，那我在数量和形式感上取胜吧，我画了八十张（一套塔罗牌外加封面封底），毫无悬念地拿到了优秀毕业生的称谓。

唱着画着就毕业了，离开学校那天，我独自站在校门口，漫天飘着挂满欢送标语的大气球，同学们在拍照，天气好极了，我却迷茫极了，不知道接下来何去何从。我们一起吃了最后一顿饭，大家说以后还要多聚啊。离开饭馆的时候我走在最后，看着大家的背影，每个人都沉默且沉重地走着。

后来回到学校，是在每一次的梦里，我又去吃了学校的食堂，似乎也不那么难吃。身边还是奇装异服的同学们，头发五颜六色。我在台上唱着油腻的歌，穿得像央视《星光大道》的选手。全班同学都在安静地画作业，我假装有痔疮请了个假，和喜欢的人牵手走在学校外，计划周末去桂林路吃个涮肚。

前几年学校老师让我录鼓励学弟学妹的视频，用在迎新晚会上播放，我还是有些惭愧的，毕竟学了四年美术，却靠唱歌糊口。但也真的是因为任性，只想画自己喜欢的东西，更不喜欢上班的氛围，害怕复杂的事情和人际关系，只好曲线救国做了歌手，唱歌对我来说真的比较容易。这应该不算是作为“优秀学长”的示范吧，勉强说来，作为一个喜欢自在生活的人，这个示范不算太差劲。

我学校的郑校长现在在网上很红，可爱极了，大家自

①卡通漫画。

己搜“吉林动画学院校长”，找视频看就知道了。学校建校十八周年晚会找我回来唱歌，荣幸至极。见到校长，他说办校的时候他也才三十多岁，转眼就十八年过去了，十八岁是特别的年纪，要办个大型成人礼。我这才惊觉，原来它才十八岁？十八岁好年轻，也就是我们上大学的年纪吧。我在台上唱歌时，学弟学妹非常捧场，拥到台前和我握手，保安紧张坏了。看着他们年轻的脸，十八岁，我也十八岁过，我也大一过，我也穿过军训的衣服。在梦里我还和他们一样，热情天真，满脸期待，怎么我就已经三十二岁了呢？

成人礼果然办得非常华丽，音效强劲，舞台比我们演唱会还大，全部都是由校友来完成的。结束之后校友们在一起喝酒吃串，互相吐槽年轻糗事，校长喝到脸通红。我们学校有毕业生亲校长脸的传统，我毕业时没亲到，这次临走时我亲了他脸，超级烫嘴。

我的十八岁已经很遥远了，但十八岁的我还藏在心里某个角落，时不时从一场美梦中冒出脑袋，跟我打招呼：嘿，该起来上课了；嘿，同学们都在等你上台了；嘿，今天也要加油啊小秦。

秦昊

2018 年 9 月 16 日

Q 你飞到城市另一边

演唱：好妹妹

作词：秦昊

作曲：秦昊

你飞到城市另一边

你飞了好远好远

飞过了灰色的地平线

飞过了白天黑夜

你飞到城市另一边

你飞了好远好远

飞过了蓝色的海岸线

飞过了我们的昨天

你呀你　是自在如风的少年

飞在天地间　比梦还遥远

你呀你　飞过了流转的时间

归来的时候　是否还有青春的容颜

威海……喂！海！

这本是 2018 年 5 月写的两篇杂记，转眼四年过去，旅行突然成为一种奢望。如今整理成一整篇，与各位分享，也是我自己望梅止渴、画饼充饥罢了。

作为一个在山川河流里长大的重庆人，我从小就很喜欢看着江河水发呆，也会好奇这些江河最终的去处“大海”到底是什么样子。那会儿电视还很小，只能表现海的美，不能表现海的大。“大海”在脑中只是一个很向往的概念。

长大后终于也去了海边，我还记得这样一些片段：厦大操场对面有女孩儿散步的小小海滩；游客如织的鼓浪屿一上岸就是麦当劳；大连满是石子需要自带垫子的海边；垦丁冷飕飕下小雨的沙滩；马尔代夫和小厚在沙滩狂晒太阳又去潜水；塞舌尔清澈见底的海岸陈粒一个猛子就扎下去了，奶奶裹得严严实实在一旁逗乌龟；在巴厘岛看挥动彩色丝巾拍照的大妈们被巨浪打到花容失色；在舟山的音乐节面朝大海放声歌唱又集体去吃海鲜；在香港维多利亚港看船来船往；在三亚大家去酒店的海滩游泳我躲在房间看电影；在葫芦岛和小厚拍丑丑的MV冻到流泪还强颜欢笑……

但最早接触的其实还是山东的海边。大学时去青岛玩，具体我已经记不清，那段回忆很奇怪地过于明亮，白晃晃的，失去了细节，我就记得我买了一些无聊的小礼品打算回学校送同学，后来却因为不知如何开口，一个都没送出去。还在海洋馆花钱让海豹亲了我，海豹的嘴太臭太腥了，我还要配合假笑拍照。

某次伤感的旅行，我临时在火车站随便买了票去了日照，冲着这个名字去的，到了发现阴雨绵绵，还穿少了。顽强地去到海边，人烟稀少，我瑟瑟发抖还不忘给奶奶打电话让她听听大海的声音，奶奶并不关心海，只问我什么时候回家以及未来怎么办。

到威海是因为巡演，那天很开心，吃了当地一个什么馅饼，和一群朋友在海边瞎逛到夜里，玩海滩上的娱乐设施：海盗船。我拉着小厚胳膊疯狂尖叫。还有水上碰碰车，水枪攻击，湿了满头满脸。不知道这么片段化的描述是不是让人很头疼，但留下来的记忆真的都很片段了，像被橡皮擦擦得零零散散有一块没一块的。

还在烟台住过海边的温泉酒店，一边泡温泉一边就能看到大海，那时我还想，要是以后有钱了，肯定要在海边买房，争取天天都可以泡着澡看海。还幻想过自己退休了可以每天在海边散步，顺便清理沙滩，把游客乱扔的垃圾捡起来。后来我在海边城市买了房的姑妈劝我说：“算了，太潮了，东西都发霉了。”还有一次在烟台，走在海边，浪花拍打堤坝上奇怪的巨型几何形状混凝土，一群朋友在身后聊着天，我打开录音笔录下了夜风中的海声，但后来导出来音频，听起来只像是莫名其妙的噪声。可能那种感受太细微，难以用设备记录，就像夜晚的海，轻柔的风，朋友们的声音，海浪的细语，它们交织在一起，令设备无能为力。

这种交织在一起的朦胧印象让我对山东的海边有些特别的念想，它本身可能没什么特别，但涉及回忆，就有些不同了。总有些时候，想去走一走，散散步。

于是在 4 月随便找一天坐火车到了威海。定了青旅，放下行李就到前台询问如何到海边，前台一位义工小女孩儿正好打算去海边走走，就又叫上另一位义工小男孩儿，我们三个人一起出发，穿过一两个小区，大海就在眼前了。

他俩是在青旅认识的，都是大学生，男孩儿大一，女孩儿大三或大四，但看起来像高中生。我们一起在海滩随便走着，还捡到断了线的风筝。我一路没太说话，听他们聊天比较多，他们都喜欢音乐，但是都觉得学音乐很难找工作，也不太可能真的靠唱歌赚钱，于是都选择了别的专业。好像也挺遗憾，也挺迷茫，可能跟大多数年轻人一样吧，还没有勇气真的做出属于自己的选择，所以才会在某个假期跑出学校，来到青旅做义工，互相认识，也认识更多形形色色的或迷茫或坚定的陌生人，想象着以后的自己到底会是什么样子。

我们在某个路口告别，我又独自走了走，4 月还有些凉，但阳光真的太好了。我拍完了一整卷大海扔进背包，它没什么特别，但于我是很珍贵的心情。

我去了一条叫作栖霞街的老街道，也顺手拍了一些照片。

说实话这些照片拍得很无聊，我只喜欢里面一张叠放的摆摊塑料椅的背面。我觉得它看起来像浪潮，竖着看又很像层叠的山。

其实很多一开始学摄影的同学都喜欢拍老街，“老街”基本算是大家拿起相机的前几堂课吧，因为实在太容易出效果。事实上它对大家来说更像是一种猎奇的感受，对新手摄影师也是一种相对安全的创作内容，毕竟中国有厚古薄今的传统，见古就情怀，见旧就回味。这些老街老物在平常生活中因为不实用所以不常见，于是看到就会觉得新鲜（这跟拍国外风景、拍老外，甚至拍花蕊和雪花结构是一个逻辑），但由于老物件实在是被拍得太多了，套路也差不多，都旧、都美、都安详，都有新旧冲突什么的，每个人都在拍，大家看了太多，这种照片就又变得不新鲜了。

猎奇的东西很难转化为生活，但生活的内容有一天可能会变得猎奇。我中学住在长江边，盘山而下的石阶旁不知怎么就盖出许多行走都很艰难的小楼，我同学有不少住里面，我们时常串门，爬上无数石阶到同学家吃饭，又爬下无数石阶到江边小寺庙旁发呆，烤玉米（也不知道他们是怎么在江边岩石上种出的玉米），那些艰难的小楼，崖边的小寺庙，现在看来都是非常猎奇的景色，但对很多人而言那只是日常生活而已。年轻人走在山城步道会想，哇，这里景色好美，结构好特别，超级宜居，好想住在这里开个小店享受与世隔绝的人生。而真正住在这里的人恨不得明天就拿一大笔钱搬出去，住在上下水都很方便还有电梯和公路的公寓，快乐地和原来的生活说拜拜。

栖霞街和很多非景区的老街一样，那些很特别的商店门口，隐约可见的斑驳招牌，都证明了这里曾经繁华过。现在住里面的大部分是外来小摊贩，小得可怜的广场停满了宵夜推车，有臭豆腐、烤鱿鱼、烤冷面、麻辣烫、肉夹馍，各种各样全国小吃都聚集了，到夜里大家就会从这些百年小破房里出来，两口子推着小车到街边贩卖宵夜，这是他们现在的生活内容，小破房子就只是小破房子，不是别人眼中的猎奇景色，不代表安详美好与世隔绝。

有张照片里的熊孩子要帮妈妈劈开木头做柴火，其实只是想玩，妈妈无奈同意，我拍下照片的后一秒木屑就崩他脸上了，小孩儿疼到尖叫，妈妈在一旁大笑。

这条街过不了多久就要被拆掉，许多窗户上都贴了拆迁公告，跟我在很多地方看到的一样。威海不是一个发展迅猛的地方，这次来跟上次来感觉没变太多，但只要是城市都会往前走，盖盖拆拆，这都不重要，繁华过后都是灰，无论多新都要变旧，我们终究也要成为别人猎奇的一部分。

太阳要下山了，我就撤了。

回到青旅老板问我要不要加入狼人杀。虽然不爱玩狼人杀，但其实也会玩。一般扮演傻白甜，开口第一句都是：呀，我没有玩过！怎么玩啊？你们带带我？我也是演傻白甜的个中高手了，大家一般也都信，这次也不例外。我是狼人但看起来非常无辜，最后狼人赢了，但以后真的不想玩这个了。一局十几个人，中途还有两个姑娘多次问我：你到底是不是那个唱歌的秦昊啊？我每次都很认真地回：的确有人说我像他，但他比我好看多了。

旁边的义工小弟弟轻声问我：可是你登记的名字就是秦什么啊！

我说：嘘。

他又问我到底是不是狼人。

我说不是，我是好人。

秦昊

2018年5月

小秦的饮酒指南

小秦的饮酒指南

经常跟朋友感慨：如果世界上没有酒，人类会不会早就灭亡了？

人这种动物最可怜之处就是太能思考了，经常搞得自己很形而上，有许多无法解答的疑惑。文明程度越高，越是脱离自身的动物性，变得沉闷焦虑困扰万分。所以酒的出现大概是一种必然吧，提醒人类得适度“反理性”，让我们能有机会当一会儿傻乎乎的小动物。

小时候一直不懂为什么大人那么喜欢喝酒：白酒辣得要命，喝得眼冒金星嗓子喷火；红酒酸涩无比，喝完头皮发麻直皱眉头；啤酒简直是带气的马尿，又苦又胀肚子影响我吃饭……可乐、汽水、橘子水、冰红茶不好喝吗？为什么他们要喝酒才能开心？后来网上流传一句话，大概意思是，为什么不让小孩子喝酒？因为小孩子不喝酒也很开心啊。这也算我童年疑惑的一种解答了。

2012 年我们组合发了专辑开始巡演，跑了很多城市的

livehouse[1]，我也是从那一年才开始较频繁地喝酒，每次都是演出完了和同事以及 livehouse 老板一起喝酒、撸串、吃宵夜。一开始我也很困扰：只撸串吃宵夜不行吗？干吗非要喝酒？酒占去了我胃里的空间，害得串都少吃了好多。但后来回忆起那几年，总能想起很多快乐的晚上，演出完之后疲惫又轻松的我们，和同样喜欢音乐的可爱的老板、员工、负责人们，在一起碰杯聊天嘻嘻哈哈，有的成了朋友，有的拜了把子，有的当场退我们包场费……我不能说这些美好回忆一定跟喝酒有关，但喝酒似乎强化了这些情绪，让人们在回忆中显得更加生动了。

我最近也发现，好像很多人是因为太怕生太害羞，不知道怎么跟人打开话匣子，但内心其实也很渴望交流，于是喝酒就是很好的办法，可以让大家彼此放松一些，很容易就玩在一起。其实就是壮胆。

后来开始慢慢喜欢喝酒，就专门去上了几天调酒课，虽然现在除了调金汤力[2]还比较拿手，其他早已忘得差不多了，但还记得那几天上课的情景：从中午就开始尝各种基酒，老师说不要真的咽下去，尝完吐掉就行了，我心想，钱都花了怎么可以吐掉，于是从中午开始就喝到醉醺醺。到傍晚下课时，几位偷喝了不少酒的同学都相视一笑，心满意足地走掉。

虽然现在也不算懂酒的人，但喝多了也发现酒这东西分门别类十分细致。有的人喝威士忌只喝单一麦芽，有的人喜

①是可展现音乐表演的空间，提供乐团或是独立歌手开小型演唱会的场地。
②一款鸡尾酒。

欢囤日威（也就是日本威士忌），有的厂子都倒闭了酒却在市场上炒高价……啤酒原来也分那么多种，除了精酿，黑啤白啤生啤，还有酸啤，也就是野菌发酵的啤酒，口感和品质直逼香槟，当然价格也不菲。原来葡萄酒里还有“自然酒”这一类别，喝完真的不皱眉头。原来除了红葡萄酒、白葡萄酒，还有橙酒（浸皮发酵白葡萄酒）这一说。原来茅台真的挺好喝，喝完次日不头疼，不愧是国酒……

关于喝酒，我有一些小小建议：

1 不要因为悲伤才喝酒，也不要指望喝酒能化解悲伤。悲伤时喝酒只会更悲伤，让酒变成了毒药。开心的时候喝才能更开心。

2 独自一人或局面不熟时，尽量别喝太多。我以前也经常喝到大醉，狼狈不堪，幸好每次都有好友小张替我善后，把我拽回住处。但尽量还是别给朋友添麻烦，清楚知道自己的酒量才是好酒友。

3 不要喝出鄙视链，大家都是图快乐放松，踩一捧一不可以。喝酒如果牵扯到酒文化，那就要明白，酒文化只是提高自己饮酒体验的小知识小情趣，不必强加到他人身上。

4 蹦迪别喝 shot[①]，收尾别喝香槟，不要把酒混着喝，不要小瞧清酒。

5 不要劝酒，劝酒是恶习！一定要按各自舒服的节奏来喝酒。

酒精终究是不利于健康的东西，我们只能在健康和快乐之间去掌握平衡。适度饮酒才能收获美好心情。

秦昊

2021 年 5 月 9 日 于北京

①烈酒。

我太菜了

之前在网上看过一个图，就是女儿跟妈妈夸赞说今天的红烧肉真好吃，于是接下来一周妈妈每天都做了红烧肉。类似的还有回老家探亲跟亲戚称赞这个土豆真好吃，于是走的时候车后备厢里全部都是土豆。其实很暖心啊，都是家人蓬勃的关爱，想要让你吃得开心。

我从小比较挑食，喜欢吃的菜就会狂吃狂赞，不喜欢吃的菜就剩下，久而久之家里人摸清了我的口味，有些菜就会经常出现。而这种“摸清”又在很大程度上加固了我的口味。在重庆我可能一周回奶奶家两次，一些菜出现的频率很高：番茄炒蛋，尖椒土豆丝，炝炒土豆丝，酸辣土豆丝，炝炒莲花白。这都是一些很家常的菜。有两个菜雷打不动每次必上桌：蒜泥白肉和苦笋酸菜肉丸汤。

蒜泥白肉可能大家都知道，把肥瘦三七或四六开的猪腿肉用冷水下锅煮好了之后切片，蘸上特制的蒜泥辣油调料，相当下饭。苦笋酸菜肉丸汤比较特别一点，苦笋大约是云贵川这边很流行的一种笋，春天可以吃到新鲜的（新鲜的会格外苦），还可以脱水之后放冰箱冷冻起来，一年四季都可以拿出来泡发之后吃。我家的吃法就是和酸菜一起煮猪肉丸子汤。苦笋淡淡的苦味和酸菜配合在一起，我可以吃一大盆，泡饭也非常棒。

我对肉类没有什么特别的爱，小学的时候我家住在山腰上，奶奶会去农贸市场买活的鸡鸭鱼，鸡鸭养在阳台上，鱼养在水池里，等到了周末或者哪天有人要来做客，奶奶就会现场杀掉这些小动物。我最开始是会吃的，但后来杀来杀去看多了，就不敢吃了，导致我忌口一大堆，而且忌口标准很复杂：不吃鸡，但爱吃炸鸡翅和炸鸡汉堡；不吃鱼，但吃鱼丸鱼干以及三文鱼刺身；不吃鸭，但吃鸭肠涮火锅以及麻辣鸭脖；不吃鹅，但很爱吃卤的鹅翅中……

自我分析起来就是，我只能吃“去残忍化”的肉类，仿佛那些炸鸡翅是从树上结出来的，摘下来一炸就很香，仿佛那些鱼丸也是从地里长出来的，圆滚滚很可爱的样子，煮一煮就“QQ弹弹”了……反正我就是个很假很做作的人，我承认。

吃肉诸多困扰，吃菜就舒畅多了，基本所有蔬菜我都爱吃，但对某些蔬菜有着特殊的执念。当然蔬菜本身没什么高低之分，各有各的吃法和益处，但在我心里，有一些蔬菜就特别尊贵，可能因为在当年真的比较贵吧，很难吃到一次，或者比较应季，就那么几天，过了就没了，所以就会总惦记。

茭白就是我的“梦中情菜”，而且在我心中一直很神秘，不知道它从哪儿长出来的，也不知道它为什么要长出这么奇特的口感：比土豆脆，比山药软，比竹笋肥，比青笋绵，比西葫芦硬。这遗世独立九九归一的感觉，简直是蔬菜里的小龙女，来去无踪的世外高手。当然，后来上网一查就很容易知道各种蔬菜到底是啥了，现在我们也都知道了茭白是菰的茎被真菌寄生后的产物，可能类似菰的增生或肿瘤？啊，这样听起来还是依然很神秘。

豌豆尖也是不少重庆人心中初恋般的存在，以前是冬天才会有的，但现在似乎一年四季都可以买到了。豌豆尖之所以贵，是因为买回家要掐掉一大半老的，所以一般在外面餐厅点这个菜，都会吃着比较老，而在家吃就完全不同了，家人掐菜下手极狠，只留下一点点最嫩最可口的。重庆小面的奢华程度就是看老板往里面加什么菜了，普通的就是藤菜或莴笋叶，特别一点的会放莲花白，豪华的就是放豌豆尖。豌豆尖真是清香得有点过头，和小面的辣油掺和在一起，整碗面就都升华了，就像你在红尘中打滚在喧嚣中老去，一回头却发现初恋还是青春模样在阳光中穿着校服回眸一笑，简直令人垂泪啊。

藤菜，也就是大家说的空心菜，由于非常普通，量也大，以前在农村大家会把嫩的部分吃了，把老的部分喂猪。虽然是很廉价的蔬菜，但却非常好吃，我个人喜欢炝炒，用菜油把干辣椒段和姜蒜花椒炸焦了之后大火快炒一下藤菜，很脆很油很下饭。不过藤菜是不耐寒的蔬菜，到了冬天就没有了，而且因为很便宜，也不太会有大棚种植的反季藤菜，因为不值当。前几天我跟我爸说想吃炒藤菜，我爸找遍菜市场都没有。我觉得这也是很好的启示吧：再便宜的东西也不是你想要就能要。再发散一下就是：再普通的人也可以很有态度！

莴笋也是很美妙的食物，小时候家里吃莴笋一般都是一笋两吃，莴笋茎用来切片或切丝做凉拌，微微辣，清脆爽口。莴笋叶拿来炝炒或者煮汤，煮汤之后也可以蘸煳辣椒的蘸水，十分解腻。做饭也是一种关于阴阳的哲学，很多味觉需要它的对立面来激发，譬如辣的菜里面会放点糖，清爽的菜会放点辣，腻的菜会放点醋或者柠檬，诸如此类。在北京有次吃川菜，我点了炒凤尾，朋友问什么是凤尾，我说："你试试就知道。"朋友吃完依然不知道是啥，我说，这就是莴笋的叶子啊！朋友大为震惊，说莴笋居然还可以吃叶子？后来我才了解到，貌似在北方大家不爱吃莴笋叶子，只爱吃它的茎，也就是青笋。北方莴笋的种类跟南方还有些差别，属于茎用莴苣，在重庆吃的属于叶用莴苣。这玩意儿真的很有眼力见，你爱吃啥它就能长成啥。

笋是我一直觉得很高贵的食材，虽然现在的笋并不那么贵了，但它依然有种很高贵的气质，那种气质源于"我就这么几天嫩着，你再不摘我就老给你看"的傲娇气，你非但不能控制它，还得被它控制，看它脸色（同样叫笋，青笋你能不能自我检讨一下？）。花开当折直须折，笋子当挖抓紧挖，它提醒人们要抓紧，时间紧迫青春短暂啊。除了之前提到的苦竹笋，其他所有种类的笋我都很爱吃，毕竟连国宝熊猫都觉得好吃，人怎么可能不爱！玉兰片烧肉，方竹笋煮火锅，油焖春笋，腌笃鲜，关东煮，或者随便炒个豆子……只要够新鲜，怎么弄都很好吃。

云贵川还有一种传说中的神奇蔬菜，经常在网络上引得全国甚至世界人民群起攻之，那就是鱼腥草，也叫折耳根。

我在北京的时候经常诱导身边的北方朋友们试一试，试完之后大家都面露难色，从此多了一个忌口。大家可能都不太理解这么奇怪的东西为什么要成为一种食物，其实新鲜摘下来的折耳根叶子是非常嫩的，重庆人喜欢凉拌折耳根叶子，在放很多辣油的同时还会放醋和白糖，让它不单单只有腥味，而是呈现很复杂的口感。而贵州人似乎更喜欢吃折耳根的茎，切成小段，当作一种作料。这东西运到了北方首先是不那么新鲜了，加上很多人不知道怎么处理，就变得又老又腥，招人嫌弃。还是欢迎大家来当地吃新鲜的折耳根吧，保证（也不敢保证）你会刷新对它的认知！

蔬菜想要好吃其实很容易，首先就是要新鲜，特别是凉拌的蔬菜，最好就是早上摘下来中午上饭桌，这个在以前还是很好实现的，奶奶去菜市场买的都是农民刚摘下来的新鲜蔬菜，确实是怎么弄都好吃，材料本身就占了七分。但现在需要正规化，市场化，各种资格认证，各种运来运去，确实保证了安全，也保证了你在各地都能买到一些偏门蔬菜，但也难免会损失一些鲜嫩。

其次就是火候很重要，经常需要很大的火迅速把菜炒好，才能让菜的结构依然坚挺，不至于成一堆烂菜。在北京生活许久，知道所有商场和绝大多数门面其实不允许用明火炒菜了，当然这是一种杜绝安全隐患的好办法，也很环保，不会把楼里弄得乌烟瘴气，但就会经常吃到半生不死的炒蔬菜，软趴趴地瘫倒在盘子里。

这几年大家为了方便都开始点外卖，大城市里开始流行预制菜，很多餐厅连厨师都不必有了，也没有堂食门面，就有个操作间专门把预制菜包给你一加热，放外卖盒里送到你家，就完事儿。卫生安全问题也解决了，食药监复杂的报批程序也解决了，厨房备料以及房租和人员成本也解决了，大家填饱肚子的需求也解决了，甚至还很便宜。一下子解决了那么多问题，吃预制菜确实是拦也拦不住的趋势了。

我现在也经常点外卖，也难免会点到预制菜，一吃下去就觉得死气沉沉，常常吃到一半就开始生气。也不是多难吃，但每个食材都很疲惫，疲惫的食材很难让我精神起来。一次朋友去北京南四环买东西，那边有很多温州人在做买卖，于是就有温州人开的快餐店，他们对自己的胃太好了，用最新鲜的食材，明火炒菜，在那里能吃到最地道的温州味道。于是朋友感慨说，国贸的白领们吃的是精致包装的预制菜，南四环批发市场里的人吃的是新鲜食材现做的快餐。当然，这也不是抱怨，也不用抱怨，这都是我们为自己的生活做的选择，是选择就都会有所承受，胃里那点感觉根本都谈不上承受，顶多就是一种怀念。

俗话说，由俭入奢易，由奢入俭难，这个“奢”我也可以解释为最新鲜的蔬菜，用最恰当的火候，以及家人用最体贴你的一颗心，去烹饪的一道最简单的炒菜，这真的太奢侈了。吃过了这么奢侈的东西，再吃那些假装精美的简陋食物，怎会让人不怀念家乡，不思念家人呢？

秦昊

2023 年 1 月 16 日 于重庆

生命在于折腾

冬奥会期间，杂志编辑老师建议我写一篇与运动相关的文章，这对我来说很难，我和运动的情谊看似很贴近，实则很遥远。

从小，比起运动我更喜欢在家待着看电视或在河边发呆，但又被迫要参与到一些运动中去。

小学时，家离学校略远，上学时要顺着一条小河走一阵子，又要下山又要上山，有时走公路，有时走山路，有时干脆直接走河里。走河里比较刺激，石头很滑，也有很多青苔，需要很好的判断力和稳定的重心才不会摔倒。前两年和拍摄团队到济州岛海边拍片子，同事看到我在石滩上飞速跃进，却每次都能精准踩到稳当的石头，觉得很惊奇。其实就是儿时上学蹚河滩练就的没用本事。

放学路上也要被迫运动。我在班里就像是安陵容在《甄嬛传》里一样，能歌善舞还能演小品，可以讨老师喜欢，但同学就很烦我，放了学总会有同学追着打我。可能我有很欠打的气质吧，人也瘦小，一看就很好打。虽然打不过别人，但我很能跑，于是小学六年的放学都是在奔跑中度过的。初中时学校运动会的短跑项目我穿着皮鞋都能跑年级前三。后来成为习惯，走路飞快，连走带跑，做人做事都着急，生怕被人赶上，也怕被时代抛下。

我现在走路飞快除了儿时习惯，还有个原因是不爱闻香烟的味道，觉得呛喉辣眼，如闻臭屁。所以一旦前方有人在抽烟，我只好迅速超过他，但前方永远会有人抽烟，我永远需要超过前面的人，搞得自己在路上非常焦躁，只想赶紧快步消失。

小学时爱打乒乓球，这种运动我觉得还不错，活动范围小，成本低。但学校的乒乓球台就四个，都是砖头和水泥砌的，中间的网也是用砖头搭成的，经常是砖头被同学捡去打架了，乒乓球台就没网了。但即便这样大家还是很热情，下了课都要抢台子。最开始是比速度，盼着老师能够准时下课，便能迅速冲出去占领球台。但这样二、三楼的同学就很吃亏，总被一楼同学抢占先机，于是他们想出了妙招，直接把书包从楼上扔下来，砸到台子上占位置。那些摔得破破烂烂的书包可能也没想过自己还有这个妙用吧。

由于跑得快，我经常可以抢到乒乓球台。我虽然对扣杀不甚擅长，但对削球和旋球还是有一些心得体会的。就在我想要深入探索乒乓的世界时，我的乒乓梦碎在了一个平常的午后：被同学用球拍砸中脑门，顿时头冒青包，痛不欲生。他觉得我会躲，我觉得他不会砸，于是促成了这个青包。后来看到乒乓球拍脑门就隐隐作痛，只想远远躲开。

相似的经历还有路过篮球场被篮球击中面门，路过足球场被足球踢中后脑勺，可见我脑袋上真是写了“欠扁”二字。运动伤害是很平常的事，但不运动也受运动伤害就很冤枉。总之就是如此这般运动伤害之后对球类运动没啥热情了，别人打球费鞋，我被球打费脑袋。

三十岁之后身体大不如前，发胖、发腮、时常喘气、无故叹气。于是决定要多运动，试过以下几种：

打羽毛球。想着它虽然是球，但带着羽毛，攻击力不大，打不死我，可以玩玩。于是经常与同事们去朝阳公园打羽毛球。打了一阵子，右脚小趾疼痛，转而麻痹。我上网一搜，本着中年人特有的悲观，怀疑自己得了骨癌，或脚癌（有这种病吗？），或某种不知名癌症。跑去医院检查，医生大哥看了看捏了捏，问我：你是不是最近在打羽毛球？我说：哇，神医啊，料事如神！医生大哥说：我脚趾也麻，我也打羽毛球，你要不要换个大点的鞋试试？于是换了大一号的鞋，果然舒服了，脚趾也慢慢好了。无奈几位同事水平都很“菜”，我自己也一般，上了场大家就是菜鸡互啄，而旁边场子的人又都打得龙飞凤舞，不仅可以反身接球，从背后接球，从胯下接球，还能做到移动幅度很小、很精准。相比之下，我们略显难堪，后来就去得少了。

骑自行车。在城市里骑车对我来说最好的一点是，它很孤独。不需跟人交流、协作、鼓励。当然也经常见到那种车队，一群大爷大妈风风火火热热闹闹，雄赳赳气昂昂像要去打群架。但我没啥朋友，大家也忙，组不成车队，还是独行适合我这现代都市人。有阵子不管去哪儿都要骑车：骑车去喝酒（很糟糕，不建议），骑车去录音、参加聚会、喝咖啡、吃饭等等。每到一个地方，就要找厕所换裤子，因为骑车有专门的骑行裤，屁股上缝了垫子的那种，不然骑久了，裆部可有的受了。一次下午骑车去遥远的通州录音，半夜录完又骑车去找夜猫子朋友喝茶，喝完茶再骑回酒仙桥家中，天已大亮，站在窗口看着楼下的鸽子在晨光中飞翔，我觉得既精疲力尽又元气满满。我听不懂鸽子在喊什么，但我的裆部在喊它好痛。那阵子是我近年来最瘦的时候，为了拍摄，减了二十斤，基本就是靠骑车。

健身房。踏足过很多健身房，办卡，到期，换店，办卡……总是如此循环。至今还能不时收到三里屯某家我七年前办过卡的健身房打来的电话，不知他们的信息怎能如此延迟。在健身房里我最怕的就是教练微笑看着我，走过来说："你这个动作不太标准，应该这样……"虽然我动作真的不标准，但还是不想与教练交流。我知道他也不是真的担心我身体，只是想让我买课，好完成他的 KPI[①]，所以那样的微笑就藏了许多浅显的深意。也买过很多私教课，体验非常不好，健身房的私教很好地教会了我什么叫"物化"，就是我对他来说不是一个人，而是一个业绩，一个数字，他为了我这个数字可以关心我，可以疯狂喊我去上课以便我在月底再买一些课，以及"这个季度帮帮忙"，等等，真是令人不适。当然，这些只是我个人经验，相信并不是所有健身房都这样搞，但的

①关键绩效指标。

确也是比较常见的现象。

不过有一说一，有教练的情况下，还是能练得比较好。我自己健身通常就是在划水，摸摸这个铁，摸摸那个铁，玩玩手机听听歌。到最后也不知道自己到底练了个啥，没有计划，没有重点。所以如果想效率高一些，还是需要有专业人士指导的。我现在比较倾向去私人健身工作室买课，比较便宜，还不会对我微笑、让我续费、逼我上课，我不理人，人不理我，啊，太好了，喜欢人与人之间真诚的冷漠。

疫情期间又胖了二十斤，最近想瘦回去，今天上了两节健身课，吃了两顿水煮菜，但不知能坚持几日，真是爱折腾啊……但生命不就在于折腾吗？在此祝各位身体健康，多多折腾。

秦昊

2022 年 2 月 11 日 于重庆

断舍难离

今年入夏的时候，整理冬衣，终于一咬牙处理掉了一大堆毛衣和衬衫，还有一些裤子和T恤，它们有个共同的特点：太紧。

我知道变紧其实不是它们的问题，绝对不是因为它们具有主观能动性，想要刁难我。怪就怪自己是很懒惰的人，贪图享乐，胖了太多。但更大的罪过是，我买这些衣服时总抱有不恰当的期待，觉得自己肯定还能更瘦，所以竟然还专门买小一点点，本来买完就需要吸着肚子穿，胖了之后更是惨不忍睹。这些衣服要是会讲话，肯定会质问我：明明是你自己的问题！为什么被处理的是我们？你这个渣——男！

但其实我也没有那么内疚，一方面因为衣服是被捐掉了，道德层面上得到了一些安慰和自我宽恕，而更主要的是，我通常都是心狠手辣的，很能做到断舍离。

可能我自己从小拥有的东西就很少，衣物通常都是表哥穿不下了的，玩具也是被他玩得七零八落的，爷爷奶奶比较节省，很少会为了我专门买个啥。连房间都是隔出来的，没有门，不存在隐私，也不存在自己的私有物品。所以一直也都不相信人能拥有什么实在的东西，都是身外之物，都是缘起性空嘛。从住了十年的北京搬家回重庆的时候，也是毫不犹豫处理了很多东西：一大堆抽盲盒抽到的公仔，友商送的玩具，朋友送的动漫手办，自己买的 Hello Kitty 产品和中古丘比娃娃。全部都没带回新家。

这些可爱东西的得来也是颇有意味。有阵子觉得自己太“丧”、太不热爱生活了，为人处世很别扭，但有次收到了可爱的公仔，拍照分享出来，被人夸“太可爱了！有少女心！铁汉柔情！”，于是认定了“只要拥有可爱的东西，自己也会显得很可爱”这样荒诞的逻辑，经常分享可爱的小玩意儿。

后来家里可爱的东西越来越多，我却觉得更焦虑了。因为我对它们并没有什么真情实感，开心的时候看到它们也并不更开心，不开心的时候看到它们更是毫无帮助。我需要更真实的交流，而不是这种臆想中的情感联结。没有情感联结的玩具在我眼里就只是塑料和毛绒，只有两三个公仔是很特别的朋友在很特别的场景下给我的，看到它们能想起一段往事，才专门留了下来。

我渐渐明白自己并不需要专门显得可爱，显得热爱生活，人就是越缺什么越强调什么。想明白之后觉得释然了，“丧”就“丧”，别扭就别扭吧，我是靠实力吃饭的，又不是靠什么人设。接受每个阶段的自己，不要假笑装可爱才是对自己最大的善意啊！

但太爱扔东西也是病，特别是把触手伸向别人的时候。

每次到公司，看到同事们的工位上如山的小玩意儿——空瓶子、破罐子、烂袋子，我都会很焦虑，拿起垃圾桶挨个问：“有没有需要丢的？我帮大家丢一下啊别客气。”同事们纷纷翻我白眼。还有同事会专门跟我说，架子上面那一排过期的饮料是她收集的艺人合作款，不许扔！（但她后来脱粉，倒是自己扔了。）也有次真的不小心扔掉了同事收集的玻璃瓶子，只好一顿赔礼道歉请喝饮料。

最近因为工作的关系去了几次别人的公司，发现我司竟然不是最乱的！看到友司走廊满地的周边产品，桌上密密麻麻的发票单子，突然觉得我司同事们还算比较克制了。

同事跟我说，创意型的公司就是需要乱，大家才会有灵感！本来有点怀疑这个说法，但前几天看书里介绍弗兰西斯·培根的画室，简直是颜料场，乱的程度堪比垃圾堆。

于是我就信了，以后只管好自己，再也不碰同事桌子！我要做一个有礼貌有分寸的中年人！

对“关系”，我也一度很喜欢断舍离。

以前朋友们跟我倾诉心事，每每说到谈恋爱受气、受伤、受骗，我只有一个回答：那为什么不分手呢？分手啊！再说到工作太忙、太累、太难处理，我也只有那句话：那为什么不辞职呢？辞职啊！我曾经也一向很坚决地履行自己的话，工作不顺心就辞职，不愿浪费一秒。恋爱不顺心就分手，不愿多说一句。

但最近心境有些变化，可能也是因为年纪渐长，没有那么多精力和勇气再去建立新的关系，所以对现在拥有的一切也比较珍惜了。虽然工作遇到困难时还是会想到放弃，但很快就会冷静下来分析问题，去面对难关。和别人的关系出现问题也不会马上想要决裂，而是想如何去更坦诚地交流和解决。原来很多事情都是两面的，复杂的，不那么绝对，不是一个断舍离就可以逃避的。中国关于“阴阳”的观念和“太极”的意象，真是非常科学甚至超乎科学的大智慧啊。

这么想之后觉得自己更像个不错的中年人了，哈哈，明天该去买一点中年人穿的大码男装了。

秦昊

2021年6月16日

吵架

前几天去理发，被理发师提醒：“你白头发很多。”我心想：“好了，要开始推荐我染发项目了。”但理发师就此打住，没有往下继续。我只好尴尬回应：“嗯，我心思重。”

转念一想，其实应该开心才对，他大概是预设我比较年轻，所以有白头发才显得格格不入，才需要提醒。要是我看上去有八十岁，那有多少白头发他也绝不会专门提起——哪有人会跟一个老头说“你白头发很多”。对吧。

我爸在我这个年纪的时候，别说白头发了，头发都快没了。不知道是我吃得比较健康还是洗头比较勤快，或者基因突变吧，总之发量至今是没什么变化。但我其实从小就很羡慕别人有白头发，觉得好酷啊，成熟且沧桑，有岁月洗礼过的痕迹。特别是那种花白头，黑白头发以一定的比例均匀分布，一看就很睿智，最厉害的发型师都染不出来那效果。还有头上一缕白发的，类似《神雕侠侣》杨过那种，从脸旁或鬓角垂下来，我认识有两个女性好友都有这种白发，我甚至能想象出她们经常端着一杯什么热饮，望着窗外的红枫，深深陷入了对哲学、对自身、对人类何去何从的思考，一阵秋风拂过，那缕白发被吹散，垂到了书桌上，垂到了 MacBook 的键盘上。啊，真的酷疯了好吗？！

同事小张从小就有很多白头发，主要分布在后脑勺。所以小张看起来比我稳重，他岁数比我小，但听众管他叫“爸”，管我叫“哥”，就这样硬生生拉开了辈分。重庆话有个说法：少年白，想堂客（用重庆话念是押韵的）。堂客是指妻子，这句话的意思是，男的满头白发是因为想谈恋爱想结婚，想得太多。当然这是迷信，人生中可以苦恼的事情也太多了，谈恋爱根本不算啥。

我到前几年三十四五岁时都还是满头乌黑，只有脑袋顶上有两根白头发，是十年前刚开始做音乐的时候在网上挨骂让我很忧虑，才长的两根。但由于一直都比较忙，也没有时间忧虑太多，所以两根白发携手并进，保持了多年。这个状况一直持续到新冠疫情来临，我突然有了大把时间，且时常独处，无事可做便无事生非，开启了“跟自己吵架”的痛苦之旅。

症状大概是这样：

会突然想起某个让自己尴尬的场面，某次失败的事情，某次说了很不得体的话。然后情绪也立马跌回案发现场，陷入慌乱和懊恼。脑海中反复播放该情景之后，逐渐回忆起或幻想出很多细节，譬如对方看我的眼神会被放大，会被我安插上很多对方可能会有的心理活动和旁白。对方的一句话也会被反复咀嚼出更多的潜台词。事情失败导致的恶果也会被无限夸大。

Think deeply / **于是思考** 当时为什么没有处理好这个场景？到底如何才能完美应对？如果重来一次，又该如何回答？于是开始重新排练那个场景，把各种可能性全部上演很多遍。

Think deeply / **继续思考** 既然已经造成这样的恶果，要如何弥补？于是开始排练下次如果再遇到，对方会如何说，自己如何作答，如何解释上次的过失，挽回自己在对方心中的印象。

想完这两大题，基本就觉得无能为力，只有一个办法可以解决上述问题，那就是大型星体撞击地球，我和事主以及见证者同时毁灭化作灰尘，散落在浩瀚的宇宙中。

但还没完，还可继续后悔：如果当时没有发生这样的事就好了，如果没有那个案子，没有那个工作，没有那次遇见，没有那个决定，这整件事就不会发生。那么以后如果有类似的事情将要来临，自己应该提前回避，把悲剧遏止在萌芽阶段。那要怎样才能敏锐地预见哪些事情会导致恶果呢？没办法预见，我们没有超能力也不会算命，但有一个办法却很好用，那就是：别接触人。那些糟心事多多少少都跟人有关，那不接触人不就好了，少说少错，不说不错，在家待着不出门、不说话、不上网，肯定是最优解。

啊，好可怕的想法，自己稍微梳理一下都觉得离发疯不远了。

你以为这就完了吗？呵呵，早着呢。想完发生过的事，还可以想想没发生的事，也就是那些“万一”。万一下次被问到某个讨厌的问题，或者万一被人辱骂攻击，应该如何回应？如果有十种回应方式，每一种也许都会引起对方十种反应，根据对方这一百种反应，我又应该如何接话，如何表情，如何乘胜追击？

万一被人说胖、说老，或者批评作品，应该拉黑还是骂回去？应该礼貌赔笑还是给出别的高情商回答？如果要骂回去，是骂脏话，还是有理有据写个三五千字？是问候祖宗，还是睿智地调侃？

万一自己的人生彻底失败，或因身体状况，无法继续擅长的工作，自己将如何生存、如何转行？应该学习一些什么手艺？自己还有些什么优势？适合生活在什么城市？各个城市的人才需求是怎样的？还要综合房价和气候。是否需要斩断从前的社交关系？如何捏造一个新的身份重新开始人生？如果我破产了找朋友借钱，可以找哪些朋友借？他们会借给我多少？哪些人会拒绝并拉黑我？（这时开始翻好友列表。）

万一自己出车祸或别的意外，病得半死不活，应该坚持治疗还是应该放弃？如果亲人不同意放弃，我应该如何表达意愿？应该如何安排自己并没有多少的遗产？如何防止自己讨厌的亲戚觊觎自己的遗产？如果公司要给我开纪念演唱会，哪些歌应该出现，哪些歌绝对不可以出现？

这些都说大了，其实更多的是小事情，譬如万一一会儿进小区，要不要把耳机摘了跟保安打招呼？还是假装沉浸在音乐里？万一保安拦住问我是谁，怎样才能彰显我是一个很有素质的业主？万一在小区里或者大街上看到熟人，应该扭头就走还是上去寒暄两句？寒暄内容应该围绕什么展开？或者正写着这篇文章，脑海中一个陌生人说："你这个句式有问题，是病句。"我于是停笔跟他理论了十来分钟。

写到这里我已经开始生气了。平时也是这样，这些个破问题随随便便就能想很久，常常是突然回过神来，发现自己莫名其妙生气了两个小时，有时候还会骂出声来，注意到自己的骂声才想起是自己心里在吵架，和各种熟人、不熟的人、不存在的人吵架争辩解释。

这种幻想总是漫长而痛苦，犹如身陷地狱。这几年就是这样过来的，等我发现自己养成"脑海中排练吵架"的习惯时，头发已经白了好多，多到常常被人提醒了……真是令人沮丧。

还好最近症状有所缓解，一来是因为疫情时代的结束，工作和交通渐渐恢复正常，人忙起来了就没那么多时间瞎想了。二来是跟几个朋友交流了一下，发现这并不是自己独有的毛病，而是很多人都会这样。

一个朋友说她也是习惯性地陷入想象，脑子里排练跟人争论，想着想着就会大声吵出来，甚至严重起来会分不清真实和幻想，忘记到底跟对方吵过了没，或分不清某件事到底是不是想出来的。另一个朋友在疫情期间频繁被保安拦下问话，导致他总是很仔细地想象下次要如何跟保安对骂，或想象等疫情结束了要如何跟那名保安秋后算账。这只是些小例子，但之类的事情都困扰着大家，让人失眠，焦虑，痛苦，以及白费时间。

我们常常想要穿越时间，去弥补那些发生过的遗憾，所以才会不停在脑中回到过去，重新演绎自己想要的故事版本。我们还觉得自己无所不能，可以阻止将要发生的烦恼，所以才会不停在脑中去到未来，哪怕有一亿种未来的可能性让我们大脑死机。

不知道有没有公认很灵验的办法能够阻止这些徒劳的幻想。我自己有一点小经验可以分享出来：

1 当陷入幻想时，要强行提醒自己“观自在”，看看自己现在什么位置，正打算做什么，看看自己衣服什么颜色、什么质感，自己的手到底是什么样子，看看自己的指纹，观察自己的呼吸，听听风或者空调的声音，描述一下此刻的天气，观看你附近的任何生物和非生物，摸一摸身边能摸到的任何东西，体会它们的触感，说出它们的名字。这些具体到细节和微观的视角，可以立刻把我们拉回到现实中。

2 做稍微有点挑战的事情，但不要做难到绝对无法学会的那种。譬如不太会做饭的朋友可以挑战做饭，会做饭的可以挑战做点功夫菜。不会运动的朋友可以挑战学一两个运动项目，特别是需要技巧上有精细难度的，譬如打各种球、滑板、冲浪、射箭等等必须集中精神全身投入才能提高技巧的运动。会乐器的朋友也可以学一些新的乐器，譬如我最近在研究电子乐的设备，电子乐器非常多样，每种都需要仔细看说明书和教学视频。一些手法上的技巧和音乐结构上的不同思路，对我来说是很有挑战的，当我玩起来这些东西时，不知不觉一两个小时就会很愉快地度过。这应该就类似心理学上说的“心流状态”：完全沉浸在某件事之中，感觉到愉悦和满足。当发现技巧慢慢提高时，你还会很有成就感。投入精力或者转移精神到适当的地方，是一种很好的放松，人真的不怕累，只怕耗。

3 亲密关系也是很重要的，无论友情、爱情、亲情，和生活中真正亲密的人待在一起，或闲聊或探讨或吐槽，相互安抚鼓励，都可以让脑子稳定下来。

4 如果非要幻想也可以想想开心的事情，我一个朋友很喜欢飞机，于是会经常幻想自己是空姐，推着小推车在各种豪华机型上美美地走来走去，想想就很开心。

暂时就想到这些，欢迎补充。

往事不可追，未来难预料，当下的时间正在飞快流逝。趁活着搞点事情还来不及呢，我们就别再跟自己吵架了。

秦昊

2023 年 2 月 18 日

在脆弱与爆炸之间

在脆弱与爆炸之间

这个话题其实很难聊，光是想到要聊情绪问题，就已经足够让我的情绪产生问题了。于是一再拖延，想方设法不去动笔。但好在还有“死限”这个东西，让我能咬牙敲字，跟各位分享一下我对抗情绪问题的办法。

这个东西也只能分享经验给各位当参考，不能当作一个有信服力的建议来塞给各位，因为情绪问题各不相同，成因五花八门，每个人抗压能力也都不一样，个人的经验大概率都只对自己有用。我觉得讨论情绪问题的时候，我们需要明白一个前提，就是自己不能帮别人，也别想着靠别人帮自己。人心很深邃，你够不着他人，他人也够不着你，够来够去要么自己掉坑里，要么把人拉下水。每个人想要活得平静安乐，都只能靠自己想辙。

最近朋友们都觉得我情绪比较稳定了，因为以前我性格敏感又暴躁，很容易被点燃。一直用“真性情”和“潇洒”当挡箭牌，其实很不真性情也很不潇洒。有时候上节目说错一句话都能后悔好几年，每个夜里想到都会恨自己，顺带恨节目组，恨同事，恨行业，觉得自己跟这个世界格格不入。在网络上看到有人对我的恶评，也会气得牙痒痒整夜睡不着，觉得自己不被理解，觉得这个世界烂透了。身边亲近的人也很容易冒犯到我，经常都是憋着气怀着恨，折磨自己，也折磨家人和朋友。

是怎么慢慢转变一些的呢？我总结了几个对自己比较有效的观点：

不要有不切实际的期待

举个例子，我奶奶喜欢管我的一切事情，虽然已经不能实际干预了，但还是非常爱出主意，所有事情包括工作之类她完全不懂的事，都要随口出出主意，对我有很多建议，我的一切她都看不惯，总能找碴儿，搞得我一度很焦躁，会跟她吵架。另外她喜欢穿大红大绿带很多花纹的衣服，我很不喜欢，我希望她穿得像文艺电影或者日剧里的老太太一样素雅，但她觉得那很寡淡。我看着她的衣柜就头疼，而每次拉着她去买衣服时，她也会很头疼。

在跟我奶奶相处中，我吸取的经验是：我不应该期待她符合我的期待。她原本就是这样的人，她一直以来就是这样存在着的，她爱操闲心，爱管东管西，如果这样让她很舒服，那应该恭喜她，如果这样让她也很痛苦，那这是她自己的劫难。只要对我没有实际的损害，那我只要应付一下就可以了，对自己心爱的家人，应付一下很困难吗？并不。

所以我现在面对她管东管西，就会告诉她，说得很对，很有道理，我怎么就没想到呢，我一定会考虑，感谢感谢。这样她感觉自己发挥了作用，心情好了，她一开心我也开心。而且她就是一个西南地区过着苦日子成长起来的建筑工人，五颜六色花花绿绿的衣服让她想起她曾向往的富足生活，这样的穿着对她并没有损害，还会让她符合她朋友间的审美，我凭什么要改变她的审美呢？我太自私了。不管穿成什么样子，她都是我最爱的人，她不用是文艺电影或者日剧里的老太太，她就做一个爱操心的退休建筑工人姚女士，这样就已经很美好了，我早该知足。

另外，每次发表作品都希望得到好评，但总会有人给出不好的评价，甚至恶评，这时就会气得要死，时常跟人公开对骂，年少时还会号召听众朋友为自己站台一同参与骂仗来增加自己的气势和信心。

这件事里我要反思的是，我不应该期待所有人都接受我的作品，这是不符合理性的，因为没有绝对的好，自己也绝不是完美的，但我把自己的主观认知误以为是普遍真理，这是错的。事实上我的听众对我的评价还是好评占多数的，这已经是很高的认可了。但我对自己作品“完美”的期待导致了我的认知错误，反而忽略了那些认可我的人，光是看到那些批评自己的人，其实辜负了那些共鸣。应该珍惜懂你的、趣味相投的人，而不是试图把“另一个世界”的人拉到自己身边，那样成本太高，效率太低，得不偿失。

再譬如，我的黑眼圈非常重，所以有阵子必须戴个眼镜框来遮住它，这导致当找不到那个眼镜框的时候，我会非常崩溃，在家翻箱倒柜暴躁如雷无法出门，一想到自己的黑眼圈会暴露在别人面前，就会异常焦虑。

这件事里造成我焦虑的是，我对自己的想象是另一番模样，并不是我真实的样子。我的自卑心告诉我，我真实的样子会被人讨厌，所以我不要以真面目来示人。后来一个我很敬重的前辈跟我说，黑眼圈没有问题，这就是我的一部分，喜欢我的人也会接受这一部分，不喜欢我的人不会因为我没有黑眼圈而喜欢我，没必要把自己想象成一个完美的样子来讨好所有人。我接受了她的说法，后来再也没有戴过那个眼镜框了。喜不喜欢它是别人的事，不是我的事。

不要把自己看得太重要

之前上节目时会很紧张，生怕自己说错话得罪人，更怕没有努力做效果导致节目变得无聊，又想收又想放，神经紧绷，常常会表现过度，不像平时的自己。每次录完回家都后悔莫及，大失眠，开始怀疑人生，怪罪他人让我“无法自洽”。

这件事里我的问题是，太把自己当回事，全能感太强。就算说错话，但拜托，别人也很忙的，每天做那么多工作、见那么多人，我算个什么啊，凭什么被人放在心上，不是所有人都和我一样小心眼的。而且一个节目那么多嘉宾参加，还有那么多工作人员，导演，摄影，剪辑，是集体工作的结果，谁也不占多大比例，我也就是一颗螺丝，这颗螺丝松一点紧一点，其实不影响大局。觉得自己的表现能主宰整个局势，那可真是太高看自己了。这个道理可能在公司或者很多集体工作中都是一样的吧，做颗合格螺丝就成，上司嘴里说都靠你了没你不行，实际上心里可没指望你太多。

有时候参加聚会想早走，但怕自己走了别人会介意或气氛会不好，就硬着头皮撑到最后。现在已经不会这样了，任何聚会都是该走了或累了就直接说，照顾好自己的心情就可以，那么多人大家还会有别的乐子，有没有谁都没有那么关键，任何局面都不需要一个顶梁柱，或者说一个顶梁柱走了，自然还有人顶上。且真的朋友会更愿意让你选择自己舒适的方式。

不要过分放大阶段性的压力和未知的恐惧，勇敢面对事情本身，尽力解决就好

很多工作和情感的压力都是阶段性的，随着某个案子或某段关系而起伏，会达到高潮，也会慢慢恢复平缓。所以在焦虑时，也要理性地去想，这个事情是不是早晚会结束。

譬如出书时会担心卖得不好，彻夜难眠想方设法。但真的出完了一个季度，卖得好不好也没辙了，要么就是成了，要么就是黄了，编辑也不会再给你压力了，那这事儿就算了结了，所以也就焦虑一个季度，尚能忍受。发专辑也是一个道理，发的时候压力超大，希望卖得好，使尽浑身解数来宣传，说些车轱辘话来抬高自己，努力叫卖。但过一个月销量已成定局，要么偷偷开心一下，要么就叹口气该做啥做啥去，所以这压力也就一个来月，咬咬牙就过了。考试也同理，考前怕得要死，考完要么就是还不错，要么就是普普通通混过去，

最差就是挨一顿打。人生中也不差这顿打，打完还是该吃吃该喝喝，两三天就康复了。再譬如我为了写这个稿子烦恼了几天，但今天硬着头皮写了就算完事儿，写得好不好可能也没太多人在意，且编辑大人还可以帮我删删减减修修补补。像这样周期性的压力，实在不算什么，大可厚着脸皮开朗面对。

需要有朋友，但不用太多

我是倾诉欲很强的人，一度喜欢乱倾诉，把自己很真实、很赤裸的想法都写在网络上，想象所有观众、听众都是自己的朋友。但实际上常常造成误解，带来不好的反馈，带来失望。生活中交友也是，有时候认识并不深，却过于袒露心声，最后还会成为对方伤害自己的武器，搞得落荒而逃，一地鸡毛。

我想，每个人都会有情感上想要赤裸的欲望，就像气球里气太多需要放一放，也像三天没出公寓的狗想要冲到泥里打滚一样，是很正常的冲动。现代生活方式把大家搞得疏离感太强了，裹得太紧了，而内心反而想要以各种形式去敞开，所以朋友才那么重要。

真正的朋友不需要太多，但我们可以在某个范围内对其完全赤裸。朋友可以是能平等交流的家人，可以是无话不说的闺密，可以是一起长大的发小，可以是亲密无间的爱人，可以是有共同爱好的知己，可以是互相仰慕的伙伴。朋友也需要时间的洗礼，可能到了新环境会认识很多新朋友，但过了许多年之后还可以彼此信任彼此交心的人，往往就三三两两，不会太多。

但就这三三两两的朋友，常常能在我临近崩溃时拉住我，给我建议和帮助，让我活过来，让我恢复理性，让我获得平静，让我觉得，活着或许还有那么一点点值得期待的事情。

我现在倾诉欲弱多了，也不太会上网跟陌生人表露心声，心声只能对真的好朋友说。

以上，是对我自己比较有用的一些逻辑，写下来也算是自我提醒和勉励。如果对各位有些许的帮助，那就太好了。情绪问题如果实在难以解决，要及时求助心理咨询师和心理医生。祝我们都身心健康，情绪稳定，享受这纷乱的苦乐人间。

秦昊

2022 年 3 月 9 日 于北京

沉默的期待

到年底了，以前搞年度总结的时候，一般都喜欢说“时光飞逝，一年又过去了”，然而这三年，特别是2022年，给我的感觉却很怪、很矛盾，既觉得飞逝，又觉得漫长。既觉得过得很快，又觉得还不够快，可以更快一点，最好眼一闭一睁，一年就过去了。

一个既不时尚又不健康的人，却在《时尚健康》写了两年专栏，想想有点惭愧，感谢编辑老师对我的信任和支持。连续两年做一件事情，每个月有人督促自己要完成一点什么、输出一点什么，这种感觉其实很好。要是自己来做主，我可能会更加沉默无言。

这几年连写歌也是这样，心如止水，已然没有什么创作欲望，但如果有个甲方给我一个主题，哪怕是我不喜欢的主题，或者异常严苛的主题，我都会很有冲劲，想要挑战一把。我不能没有甲方，不能没有鞭挞。

今年是自己三十六岁本命年，最大的感受就是热情退去，不想和谁倾诉和探讨什么事情了，也不想表达自己的想法。一来发现自己的想法并不独特，毫无建树，于这个世界并不重要；二来就是现在表达想法太容易，所有人都趴在网上疯狂输出，显得每个人都很有想法，我这个人比较叛逆，大家都在说说说，那我就闭嘴，不占用网络资源。

所以现在微博也不玩了，以前还有四五个小号，各种类型的更新分门别类，而现在手机里连微博这个 APP 都没有了，落得清净，有工作让同事发。朋友圈也不爱发了，想发给朋友的都直接发给朋友了，也不想看别人发了些啥，反正也没啥好消息。小红书偶尔还看看，看看别人分享什么书、什么画、什么健康餐，关注一些弹琴的、绘画的。时事热点一律不看，就算不小心知道了也装不知道。同事聊起最新综艺影视明星八卦，我只好说："哦，是吗？我没看，不知道。"就算装也要装得很高傲，从某种很模糊也很没意义的层面上隔绝一下这个热闹的世界。

前些年喜欢拍照，还学着自己洗胶卷，自己扫描底片，甚至还尝试自己显影，还出过摄影集。今年相机没拿起来过几次，胶卷没拍几卷，还都放在抽屉里，连快递去洗胶卷都没有力气填表格。甚至连手机拍照都没力气，以前每周还会在朋友圈或微博发一发手机拍的景色照片，现在一周都拍不出个九宫格。

关于喝，前些年还喜欢自己做咖啡，会自己磨豆子、萃取、打奶、拉花，也喜欢喝点手冲单品豆。还喜欢调酒，去报了很厉害的班上了调酒课，经常在家准备着小青柠檬，或者至少也是柠檬汁，还自己熬糖浆，出国回来的时候会去免税店搞两瓶不错的洋酒回家做基酒。现在全都没力气弄了，喝咖啡就点外卖，或者连外卖都不想点，因为没力气选来选去，所以就喝挂耳包，或者直接冻干咖啡结晶，往水里或者奶里一扔就可以了。酒就是别人喝啥我就蹭一口，在家也懒得调，直接喝基酒，冰也不加，觉得呛就加水，反正到了胃里都差不多。

前些年每次看完书也喜欢分享，认真写一点书评，推荐给别人。现在也没力气写书评了，觉得好看的书就直接发书皮。后来连书皮也不发了，没力气分享。

“没力气”这三个字很能概括今年的心态。年轻的时候光靠冲动和欲望就可以支撑自己的生活信念。但年纪渐长之后，冲动和欲望都淡了，只能靠一些希望和憧憬来支撑起生活，让自己有点力气。但有一些众所周知的原因，每天都不知道明天是什么状况，人也无法自由来去，总是困在僵局之中。生活没办法再做什么计划，也就不存在希望和憧憬，变得得过且过，赖活着。

但赖活着也是活着呀，没力气就不要强颜欢笑，启动低耗能模式，省点力气也算一种环保，对内心环境的保护。这也是一种对生活残存的信赖吧。

我今年是到了最后一个季度才感到有意思一些了，因为录了一个民谣的节目，见到了很多一直很喜欢的前辈音乐家：周云蓬，万晓利，张玮玮，叶蓓，马条，钟立风……我和同事坐在台下听周云蓬唱《盲人影院》，想着生活的困顿，想着他又是如何在黑暗中燃起对生活的希望，一曲唱完我已经泪如雨下。

还有幸听周云蓬唱《九月》，那是非常伟大和震撼的作品，他一开口，我就听见了死亡温柔的召唤，他用最慈悲的嗓音把我的灵魂暂时带去了草原，品尝了苍凉和永恒。现场很多人和我一样泣不成声，同事更是哭到跑出了录影棚。

还有张玮玮也久违地唱了《米店》，这些歌其实都熟得要命了，从小听到大，但听到那美好而平凡的生活愿景时，听到“我会洗干净头发爬上桅杆，撑起我们葡萄枝嫩叶般的家”，还是被感动到哭得一塌糊涂。也很庆幸自己小时候能听到那么多好听的音乐，能让它们在我心里留下一个锚点。

能哭一哭真的太爽了，说明我的心还活着，还期待被感动，还留了一些空间来思索，留了一些空间给未来，留了一些空间让痛苦发酵成美好。而面对别人的痛苦，我还能保持敬重；面对别人的美好，我还能自行代入。这太好了，我还没麻，对生活残存的信赖还能在很多时刻唤醒我。

既然没麻，就还是许个愿吧，希望明年可以好一些，大家都好一些，各行各业都好一些。祝我们在新年的钟声敲响时，脑海中能浮现出未来的美好画面。愿我们还能爱着一些什么，相信一些什么，期待一些什么。

秦昊

2022年11月11日于长沙

“慢慢”人生路

当代人的生活准则，是建立在“效率”之上的：

打电话比写信有效率，上网冲浪比看报纸有效率，电视剧两倍速播放超级有效率，三分钟讲完一个电影，主角都叫小帅小美，那就更有效率了。

重复型工作带来的虚无感难以消磨？夜不能寐需要解压？看嘻嘻哈哈的综艺娱乐节目当然比看书更有效率咯。长期坐格子间身体退化怎么办？健身和正骨就是现代人的最高效答案，而且要打车去健身房，这样还能多加班一小时。叫外卖比做饭有效率，分手比磨合有效率，买当季限量热门奢侈品穿在身上当然是展示个性的最有效率方式啦，代价无非就是多熬夜加加班，反正还有高效修复面霜在货架上等着你。

效率是好东西，如果人类不追求效率，如今恐怕也不存在科学和文明了。我和所有现代人一样也热爱高效的生活：坐飞机出差，用手机听歌，用电脑创作，用平板电脑写这堆字。但有时，也会被高效的生活所困扰。举个最简单的例子：随身带着手机所以太容易被人找到，理论上全天随时都有可能要开会，这种被工作和他人侵占私人时间的恐惧和不确定感，我想很多人都有。

效率是双刃剑，交流的高效也导致了它的低效，由于交流成本变得低级，所以其价值也极低，垃圾话和玩梗充斥着社交网络，令人疲惫。信息层面上也是同样，得到信息的即时与高效，也导致了信息可信度和含金量的降低，知道的信息越多，无关紧要的烂信息就越多，一切都在原地踏步。

我在都市的快生活中常常感到焦虑，而我的应对方式其实很简单，就是对着干，搞些低效的事情。虽然稍显刻意，有形式主义的嫌疑，但对我而言也是十分顶用的，从这个角度来说，适度的低效能平衡过度的高效，兼顾快与乐，才算是快乐。

譬如出差结束大家都坐飞机回家，我如果不忙就会选择坐火车。最爱是软卧，特别舒服，可以在车上慢慢看完一本书，或发呆想事情，认真看俩电影，从头到尾听几张专辑。火车晃晃悠悠，窗外轰轰隆隆，农田和山川被不停复制成一幅幅延绵不绝的图画。偶尔路过一些人，在一些小站上车下车，大部分时间各自发呆，吃泡面嗑瓜子，听旁边床位的人轻轻打鼾或小声聊天，穿过一个个隧道时忽明忽暗的车厢，偶尔看看手机发现也没啥要紧事找我，我对世界可有可无，世界对我爱理不理，这种无所事事的感觉真是太好了。

有阵子很爱坐火车去海边玩，住青年旅舍，跟同屋的陌生旅人闲谈，一起去海边散步，听人说说各自的生活和烦恼，用胶片相机零零散散拍一些照片，再坐通宵的船去别的城市。

用胶片拍照也算是个低效行为吧，现在大家更爱用手机拍照，拍完马上检查，不好看就继续拍。刚才我身边两个人坐下来喝咖啡连续拍了一个小时照片然后走掉了，咖啡基本没动，书也只是拿来摆设（这是个书店），虽然可能收获了几张看着不错但毫无新意、同质化严重且不反映任何被记录者性格及生活真实面目的照片，但失去的却是在这个漂亮的书店看会儿文字以及品尝一杯挺不错的咖啡的短暂时光和体验。

数码相机和手机拍照看似方便高效，但其实效率却是更低的，人们会因为其操作的廉价性而进行过量而低质的操作，花费更多时间做重复的拍摄。前期画面设计和思考的缺失，捕捉决定性瞬间的慎重感和能力的缺失，会使后期挑选和处理的难度增加，其实是得不偿失。我想所有人都有过这个经验吧：一顿操作猛如虎，一口气拍了上百张，累得够呛，仔细一看没几张能用的。当然数码的优势是胶片无法追赶的，数码相机同样可以创造好的艺术品，但我想说的是，这并没有比从前更容易，方便有方便的代价。数码时代并没有产生比从前更多更震撼的图像。

我自己是个性子很急的人，所以才想用一些慢办法来压压自己的性格，让自己学会等待，等一个状态不错的路人经过镜头，等一个好的瞬间被我抓住，等待胶卷在一阵子之后才被冲洗扫描出来。以前学美术时，我用电脑画画速度很快，每天都可以出一张作品，但那些作品放到现在就不禁看了，只剩几分可爱的莽撞。这些年尝试画油画，经常要等颜料干，等待的过程中会反复观察和思考哪些地方需要改变，速度慢了，但很有收获。现在看书也比以前多了，看书很能磨炼定力，好的书会让你思考、代入，体验别样的生活和情感，经历别人的人生，其实也算是效率很高的东西了，关键是成本很低啊！

还有很多事情都能让人体验“慢下来”的感觉，譬如练字，学乐器，学厨艺，钻研某种手工技艺，研究某种文化，专注于一种体育项目，等等，这些东西都需要花费大量时间和耐心，做好、做精注定是无法快速达成的，但就是因为无法“快速达成”，才让我们有机会去品味过程，去享受大量失败和汗水加上少许的成功带来的复杂幸福感。这些都是看个综艺、玩个游戏、买个包这类粗暴的快乐所无法带给我们的体验。

最后我再隆重推荐一个最简单易得的慢生活方式，就是散步。觉得世界吵闹想要静静，就去散步；遇事不决想换换脑子，就去散步；工作遇到瓶颈无法继续，先去散步；体虚气短精神不振，早上散步；暴跳如雷受了好大委屈，傍晚散步；一个人无聊可以散步，两个人谈心可以散步；城市散步可以参观人和车，乡村散步可以参观云和树；听歌散步放松心情，不听歌散步利于思考……

尽管发明了无数高效交通工具，人类却还是少不了要跟祖先一样靠双脚走路。所谓接地气，大概就是当我们插上文明的翅膀飞累了时，必须时不时换回我们身体上最古老的交通工具，一步一步地去走这“慢慢”的人生路吧。

秦昊

2021 年 8 月 4 日 于北京

LK

但愿那海风再起

但愿那海风再起

当你发现有个人能把你的悲说得一清二楚，
比你自己还说得明白时，
你会发现，

你的悲不仅属于个人，
还属于这个时代里很多人共同的愁绪。

前几天去大学演讲，被问到有没有对自己影响很大的音乐人，脑海中只想到了罗大佑和梁弘志。此刻坐下来好好回忆，记录一下，以防下次再被问到这样的问题时大脑空白，蹦不出人名。

而且除了音乐人之外（我习惯把“音乐人”定义为音乐创作者或制作人），也有很多歌手对我有所影响，但更多的还是一些歌曲，专辑，甚至一个封面，一两行歌词，一两句旋律。所以干脆就碎碎念一下，想到哪儿说到哪儿吧。

让风尘刻画你的样子

一次去上海看罗大佑的演唱会，过了两天在一个咖啡馆碰到一位作家，聊起罗大佑的演唱会，发现原来我们都在现场，于是一同复盘各自是从哪首歌开始哭的，惊奇地发现居然都是从《你的样子》。

《你的样子》在那场演唱会的位置很靠前，从“我听到传来的谁的声音，像那梦里呜咽中的小河”起，我的情绪就全然崩溃，仿佛一只蚂蚁突然有一瞬间洞悉了人类文明，于是滋生出又震撼、又哀伤、又无能为力的复杂感受。

我听到传来的谁的声音
像那梦里呜咽中的小河
我看到远去的谁的步伐
遮住告别时哀伤的眼神

——《你的样子》

我觉得像罗大佑这样既有超群的作曲能力，又兼具精深的中文造诣的音乐人其实不多见。“精深的中文造诣”并不是指遣词造句引经据典，或写点哲思哀愁小金句什么的。在辞藻堆叠和使用意象上，宋人已经做到极致，后人再用也就不过尔尔，至于小金句更是大大受限于听者的年龄及其人生阶段，往往很快就会过期。罗大佑的歌词常常总结不出什么小金句来归纳全篇，摘不出所谓“转发文案”。

罗大佑的厉害之处在于，你乍一看这篇歌词也许会觉得不知所云，但你想想自己，想想宿命，又觉得他什么都说了。这就涉及中国文化中最厉害的地方，就是有留白，可玩味，把话说到一个临界点，让你自己往里跳。而且他的用词也不刻意艰深，不会有卖弄文采之嫌，更让人感到罗大佑是一个敬重文字的人。

再从技术上说，写词做到押韵并不难，但做到既合辙又押韵是比较费脑筋的。所谓合辙（也有说合仄）就是词语的读音和唱音不能相反，不然就属于“倒字”，譬如你这个词第一个字是一声，第二个字是二声，那么理论上第二个字的音就要比第一个字高，至少不能比它低，不然唱起来会非常不舒服，让人听起来也很费解。

罗大佑的歌词唱在嘴里特别舒服，这就是因为他的合辙做得相当完美（这一点绝对是华语乐坛中顶级的存在），我们看第二句，“梦”为四声，“里”为三声，词语发音是从高处的“梦”滑到低处的“里”，它的曲子果然就是“梦”比“里”高，你唱起来和读起来感受是一样的；再看“小河”，

“小”为三声，“河”为二声，词语发音从低处的“小”爬上高处的“河”，唱音也是同样。如果反过来会怎样呢？“小河”的唱音如果前高后低，听起来就成了“萧何”，离谱吧？罗大佑很地道，不会干这样的离谱事儿。

这说起来简单，实际操作起来非常难……需要有对中文发音韵律良好的直觉，也需要在旋律和歌词之间做很多取舍。我自己写词的时候也非常注意合辙，除非某个旋律好到我觉得精彩绝伦无法割舍，否则是不允许自己倒字的。这算是向罗大佑学习吧，坚持中文发音韵律的美感。

《你的样子》这样优秀的歌词，在罗大佑的作品里也不算是顶级的，他歌曲涉及的内容很丰富，我列了一大堆又删掉了，我就默认没有人不知道他吧，不必一一列举了。

那天看演唱会印象很深刻的还有听到《家（Ⅰ）》的时候，他一开口唱“轻轻地爱你，轻轻地爱你，我的宝贝，我的宝贝……”，我真是哭到跪地求饶。

我的家庭，我诞生的地方
有我童年时期最美的时光
那是后来我逃出的地方
也是我现在眼泪归去的方向

——《家（Ⅰ）》

这场演唱会的名字叫“当年离家的年轻人”，想到自己当年也是决绝地离家，现在却频繁地怀念那个再也回不去的家，不禁悲从中来。但这种悲何尝不是一种释怀呢，当你发现有个人能把你的悲说得一清二楚，比你自己还说得明白时，你会发现，你的悲不仅属于个人，还属于这个时代里很多人共同的愁绪，大家有机会聚在一起来品味、消磨、共鸣这一份愁绪，这就是有力量的音乐人和有力量的作品可以带给我们的抚慰吧。

但愿那海风再起

但愿那海风再起

已经记不清到底是小学还是中学时了，也记不清第一次听到这首歌是谁的版本，这首歌的词曲本身对我而言已经超越了它的版本们，不管是邓丽君还是蔡琴，都没办法给这首歌代言，那就是来自梁弘志的音乐作品：《恰似你的温柔》。

梁弘志很多作品都是我的心头好：蔡琴的《抉择》《读你》《跟我说爱我》，苏芮的《变》《请跟我来》，姜育恒的《驿动的心》，邓丽君的《但愿人长久》，谭咏麟的《半梦半醒之间》，黄莺莺的《面具》……但最爱的还是《恰似你的温柔》，甚至这也是我最爱的中文歌曲。

但愿那海风再起
只为那浪花的手
恰似你的温柔

——《恰似你的温柔》

梁弘志是我非常羡慕的音乐人，相比罗大佑的厚重，梁弘志显得很轻巧，仿佛就是随便写写一挥而就，不爱用太复杂的从句，字词之间留足了呼吸。如果说罗大佑的作品是伟大的建筑，梁弘志的作品就是河堤旁留人避雨的小亭。

我自己也写了很多关于告别的歌，发现自己在思路和用词的强烈程度上，是倾向于梁弘志的表达方式的：想尽量做到哀而不伤，轻巧而体面的、很中国式的那种告别。可以很缠绵、很留恋，可以有遗憾、有感怀，但不是那种半死不活、狼狈不堪的，就算是下雨也是绵绵细雨的情绪小品，不会是暴雨倾盆的抓马[1]八点档电视剧。

让它淡淡地来，好好地去，年纪越大越觉得这句话太好了。越来越希望每段关系的迎来送往都可以淡淡的，好好的，不要调子起太高，也不要撕心裂肺的结局。偶尔怀念起往事，也没有惊涛骇浪，只是那浪花温柔的手而已。“浪花的手”这么朴素又诗意的比拟，实在是很令人难忘。

邓丽君在演唱会上介绍《但愿人长久》的时候，说梁弘志是“天才”，邓丽君确实没有在尬吹，梁弘志在写曲这件事上真是天才，听完《但愿人长久》和《请跟我来》就会明白。

《但愿人长久》是给苏轼的词作谱曲，收录到当时顶流歌手邓丽君的专辑《淡淡幽情》中，同专辑其他歌的谱

①形容人或事物富有戏剧性。

曲者也都是刘家昌、古月（左宏元）、黄霑、汤尼（翁清溪）、陈扬这样的顶级作曲家，梁弘志作为崭露头角的新人，竟在如此压力下，写出了这张传奇专辑中传唱度最广的一首主打歌。

这首歌里，主歌副歌的关系其实很含糊，到了该进副歌"转朱阁"的时候，他并没有把旋律狠狠顶出去营造一个听感高潮，而是用又长又隐忍的唱句，拿"转朱阁，低绮户，照无眠。不应有恨，何事长向别时圆"这二十个字搭了一个桥，直接搭到了这首词的中心句"人有悲欢离合，月有阴晴圆缺"，你这才明白，啊，原来这首歌第一句"明月几时有"就已经是主题旋律了，副歌只是一个幌子，过了桥又用主题旋律扣回中心句，整个过程不露痕迹，行云流水，并做到完全合辙，丝毫不倒字。加上邓丽君这时的唱法已经非常先进，简化掉了早期演唱中的很多"套路"和"技巧"，唱腔内敛，气息绵长清幽，这样的天作之合，才让《但愿人长久》这首歌成了传世金曲。

再从《请跟我来》这首歌看看梁弘志如何把他对福音的理解应用于自己的创作中吧。歌曲的主歌感觉还是普通的男女对唱情歌，自然小调的使用带来了朦胧而优美的氛围，到了副歌"别说什么"的时候，和弦突然从小调原地转成了大调，一下子明亮起来，从那种"慌张""迟疑""期待"中，突然被指引，被领到了非常"明确"的和弦氛围中，《请跟我来》这首歌想要阐述的关于"引导"的主题，就这样不容置疑地出现在了听者面前。但在副歌结束回到主歌旋律时，和弦又回到了自然小调，仿佛你看着被指引的人渐渐远去，留下自己在迷雾中。

这首歌的男女对唱设计成了非常有层次递进的副旋律叠唱加和声，其实不是那么容易学会，但它就是有这样的魅力，尽管唱起来有一定难度，却还是成了经典对唱歌曲。

我是一个活得不那么轻松的人，通常假装潇洒豁达，思想包袱却很重。好在还有这样简单的词曲，让我可以不管摸到琴键还是拿起吉他，都能够不假思索地在 C 大调上弹起那简单的和弦，唱出："某年某月的某一天，就像一张破碎的脸……"它模糊了时间，甚至时代，没有具体信息，只有记忆中的碎片和想象中的浪花，在一个对我来说很安全的领域包裹着我。

在一张张脸谱汇合成的汪洋中，我就要启航

体弱多病，品学兼优，热爱音乐，才华横溢，英年早逝……想起蔡蓝钦，我们似乎只能遥远而模糊地想起这些很空泛的形容词。他留下的作品不算太多，一张专辑十二首歌，再加后来出的典藏版里有一些 demo[①]，总共也就二三十首。《这个世界》的专辑封面是一张他带着笑意的素描画像，但想起蔡蓝钦的容貌，我会先想起他那张黑白的证件照，戴着眼镜，表情严肃，眼神充满了审视与质疑。

第一次听《这个世界》这首歌是中学的时候听张信哲翻唱的，这歌有很多的版本，孙燕姿、五月天、黄莺莺、刘若英……连我自己都唱过，我所在的公司每年元旦都会组织歌手们发表一首翻唱歌曲，我和几位同事 2023 年一起翻唱了这首《这个世界》。

①录音样带。

在这个世界

有一点希望

有一点失望

我时常这么想

我们的世界

并不像你说的真有那么坏

——《这个世界》

这首歌的各个版本都还挺不错，可能翻唱这首歌的人多多少少都被歌词中简单美好的期许所感动过，算是和原作者蔡蓝钦有些共鸣。不过蔡蓝钦那种深沉又易碎的表达方式，却是他独有的。

你从他其他的歌词里可以感觉到，他对这个世界的态度并不是天真烂漫只看得到美好的，而是有些嘲讽，有些批评，有些担忧，又有些关怀和不舍的。

《这个世界》专辑里的第一首歌《出发》对我来说是十分惊人的一首歌，并不是说写作手法有多高超，而是这个“出发”虽然可以看作对未来的期待，但在这张“遗作专辑”的语境之下，却更像是对死亡的告白。

也许不过是换了一片汪洋

前方仍然有一样的风浪

虽然心中有淡淡的失望

但我仍要再次背起我的行囊

在一张张脸谱汇合成的汪洋中

我就要启航

——《出发》

它似乎是在很轻松地告别，连说“舍不得”也是很轻松的姿态，把死亡比作启航，年轻的他可以把最残酷的事情也浪漫化。

《他的话》《同样的路》《联考族的假期》《老师的话》是作为一个学子对教育制度的无可奈何：“或许我早已变得非常盲目，否则怎会和陌生人走着同样的路？这是条别人早就铺好的路，我怎能知道它将通往何处？”“考试的问题，你千万要牢记，武装你自己，挤进那狭窄的门里。在这兵荒马乱的世界里，追求满分是最大的乐趣，当你对现实感觉到怀疑，欢迎回到数字的游戏里。”“朋友如果你有兴趣，让我介绍另一种度假方式给你，这是属于联考族的专利，如果你想试一试也可以。就是作文十五篇，数学五十题，再加英文造句一百句，还有理化史地，都要复习，假期一过，模拟考就等着你。”

非常现实，也非常辛辣，而且还很亲切，每个人都能对应到自己的应考生活。我现在每次感慨童年多美好想要穿越回去的时候，一想到还有那么多考试，就觉得童年也不过如此，还是不穿越比较好。

《少男日记》《校园美女》《以为》讲的是学生时代懵

懂而敏感的爱情："在我年轻无知的生命里，曾有属于你的记忆。""如果岁月带走你华丽的外衣，那深情的等待是否还是为你。""人们说在匆忙的城市里，不时兴这样的游戏，于是你浅浅淡淡地一笑，摸摸我的头说，唉，你还太小。"

《告别忧伤》和《谜》就像是用两种语言、两个角度来为自己做最后的挽歌："告别了我的忧伤，我要出发到远方，这个熟悉的地方充满太多的假象。""这无知的年少，带着几许无知的苍老……在沉默之前为我生命做永远的追逐。"

年少或许是无知的，但却总会充满热忱，充满表达欲，充满各种思索和挣扎。我一直都在提醒自己要尽量保留一点年少的自我矛盾以及对一切的质疑，所以我才会时常想起那张黑白照上严肃的面孔吧，他透过高度近视眼镜凝视着我，提醒我时间不多，在沉默到来之前，再追逐一下吧。

任时光匆匆流去，我只在乎你

我只在乎你

我爷爷生前还算比较喜欢音乐，虽然平时很抠门，但竟还时不时买个 VCD 回家，不过都是从镇子夜市的音像地摊上买的盗版 VCD。那会儿镇子里的夜市热闹非凡，卖衣服的居多，还有一些小电器、小玩意儿、日用百货、盗版书，每走几步还会有卖音像制品的，磁带、CD、VCD，后来还有 DVD。

盗版 VCD 的内容一般也是当年流行的金曲 MV，但除了原版 MV，还有一部分是泳装版本的：身材傲人的泳装美女化着浓妆在海边随便演点情节，或者连演都懒得演，只是走来走去一类的。每次一放到泳装 MV，就会有很多大爷大叔围着观看。

所以当某个晚上爷爷散步之后拿着一张邓丽君的 VCD 回家时，我还有点担心会不会又是泳装 MV，毕竟他上一次拿回家的 VCD 是《泳装十二大美女》，搞得我和奶奶都很尴尬。还好这次放出画面之后，是正常的 MV，邓丽君本人出镜。

这应该是我第一次看邓丽君的 MV，小学的时候只听过磁带，也是爷爷不知道在哪儿买的盗版磁带，我一直以为封皮上的美女模特就是邓丽君，1995 年报纸上刊登了邓丽君去世的消息，我还纳闷为什么报纸上的邓丽君跟我家磁带封皮上的邓丽君长得很不一样。这导致我小时候对她容貌的印象一直很模糊。

但有了 MV 作为证据，她的容貌马上就立体起来了：一位美丽的，穿着各种时装的，可爱亲切的，爱笑的，大脑门圆圆脸的年轻女士，在寺庙里拜拜，在大街上溜达，在公园里游玩。她在公园里的样子迷人极了，在旋转咖啡杯里装忧郁，和小朋友一起划船玩水，在小飞机上，在摩天轮上……（我小时候也很喜欢逛公园，儿时照片几乎都是跟家人逛公园的时候拍的。）

我当时就被迷得不得了，原来这些歌的演唱者，竟是这样一个人，好鲜活！但这鲜活，让“她已经去世了”这个信息也在我脑中立体了起来。这样的一个人，在电视里逛公园给我看，唱歌给我听的女士，居然已经去世好几年了。

于是我那阵子常常在既欣赏又忧伤的感受中一遍遍播放这张 VCD，学会了她很多歌。

那时只晓得邓丽君歌好听、人可爱，如今我自己也成了一名音乐人，越发能体会邓丽君作为一个歌者的可贵：拥有顶级的演唱天赋，却没有故步自封，反而乐于探索，她的唱法是一直在调整、进化、提纯和简练的。

你可以找找她早期的专辑，高音区非常生猛，有着初生牛犊不怕虎的爽快，音区转换的地方有不少华丽技巧，但还有些人歌分离，人是人，歌是歌，“人”的存在感还很强，很自信也很炫耀。

到了中期就开始很收敛了，我很喜欢她在宝丽金的情歌系列唱片，为了突出“柔情”而在中音区下了很多功夫，处理得很细腻。但也是这时期开始，大家对她有了“甜”的印象。我个人倒觉得她的唱腔并不是真正意义上的“甜”，真正的“甜”其实会让人很腻，不耐听，而邓丽君的甜是带着很多伤感意味的，有点苦，有点酸，有点哽咽，有点忧愁，这样复杂的感觉带来的听感是很高级的。这也是后来很多她的模仿者所达不到的境界，都想抓住她的“甜”或者一些演唱技巧来模仿，最后都变得过于甜，甜得挑逗，甜得谄媚，甜得令人不耐烦。

《淡淡幽情》是我很喜欢的一张专辑，这是邓丽君本人参与策划的宋词谱曲专辑，上面已经提过，参与制作的人可谓高手云集，铆足了劲。但邓丽君的演唱呢？却是四两拨千斤。彼时三十岁的邓丽君（好年轻啊，我哭晕过去）已经习得至高秘籍，做到人歌合一，轻松从容地完成了演唱，不甜不苦浓淡相宜，把宋词中的欲说还休五味杂陈表现到了极致。虽然唱得极好却存在感极低，不像是她在唱歌，却像是歌在唱她。我在不同时间段都会喜欢这张专辑里不同的歌，反复听都能听出新的喜爱。

从这时期开始，邓丽君已经不是一个单纯的演唱者了，而是自己声音的导演。没过几年就有了《我只在乎你》这样的名曲（话说这首歌的岁数跟我年纪一样大），虽然很多人已经分析过这歌的演唱如何厉害，如何办到超宽音区的五个连续上升音之类的，但我想说的点是，如果这歌早十年出，肯定不是这样的听感，可能技巧上还会更加华丽，但对歌本身而言，只有那时期的邓丽君才能做出如此完美的演绎，连“所以我求求你，别让我离开你，除了你我不能感到一丝丝情意”这样抓马哀怨的歌词也能唱得如此云淡风轻。这种演唱，怎么说呢，就像你走在深夜街道上碰到了从前深爱过的人，你们没有就地撕脸抓头发号啕大哭痛苦撞墙，而是很体面地点头问好，一起闲聊着走了一两个路口就各自告别，你抬头一看，这晚的月亮原来这么美啊。我可能表达得不好，但就是这种感觉！

我家有一台朋友送的黑胶唱机，我不算是个黑胶爱好者，只零零散散买了一些唱片，其中有两张邓丽君的，一张是刚才提过的《淡淡幽情》，还有一张是《忘不了 Inoubliable》，这张之所以被称为绝唱专辑，是因为整理了一些还没发行的录音，还有一些 demo，由著名音乐制作人李寿全重新制作发行。由于大多只是试录的录音，所以演唱上显得非常之随意，但也能听出邓丽君虽然在后期由于疾病而身体机能下降，但依然能把演唱方式调整到很高的审美水平。这时的她可以做到“没有年代感”，这是很多同样唱了多年歌曲的“老歌手”很难办到的。大家会有一些从旧年沿袭下来的固有习惯，那些当年的特色和绝招会将歌手的演唱置于某个特定年代的“老派”听感中。邓丽君的唱法一直跟着时代审美和录音技术的发展在不断更新，这一点很可贵。

我最喜欢这张专辑的最后三首 demo，她自己用很标准的普通话报出歌名《小窗相思》，伴随着轻柔的钢琴，随意地唱起：“……轻轻问声你可曾忘怀，当年情浓朝夕都不离开……”歌声中，她还依然是那个圆脸的可爱邻家姐姐，唱完这一曲，阳光正好，我们会去游乐园，在旋转咖啡杯里装忧郁，一起划船玩水，在小飞机上，在摩天轮上……

我是一片云，天空是我家

我对凤飞飞的喜爱来得比较晚，大学时自己租了台式电脑，配了俩便宜小音箱，时常在网络上听音乐、看演唱会视频，无意中看到了“凤飞飞35周年演唱会”，自此爱上了她的歌声。

这是她的复出演唱会，一袭潇洒的白衣造型伴着歌词“温暖的秋天，秋天里许心愿……”，这个原名中带“秋”字的女人开始给大家唱歌了，令人震惊的是五十岁的她居然有这样宽厚稳定的嗓音，真的就跟秋天一样，暖暖地把人围住。她眼神坚定，动作利落，时而来段舞蹈，时而大聊特聊，两个小时无嘉宾的演唱会十分精彩，全程行云流水，实力在线，你会被她在舞台上的巨星光彩吸引。

好吧，我其实不完全是她的歌迷，而要算是舞台迷，不仅喜欢她的歌声和录音，更喜欢她的表演和谈吐。这场演唱会里表演的歌曲，很多都是演唱会版比专辑版更好听，一方面是因为凤飞飞实在是出道蛮久，很多录音都是在20世纪70年代完成的，那会儿录音技术有限，制作的观念也比较老旧，那些编曲按现在的眼光来看都太粗糙。凤飞飞80年代中后期以后的专辑编曲和录音就都很不错了，可惜很多经典老歌没有更新的版本。

另一方面也是因为凤飞飞的唱法有了很多变化，我发现很多优秀的歌手，整个演唱的生涯都伴随着演唱技术的进步，而且这种进步不是一种显性的“越唱越厉害”，而是一种隐性的“越唱越简练”，去掉很多不合时宜的旧习惯，只保留自己嗓音里最珍贵、最核心的特质，更加简单也更加理性地去表达歌曲的情感。

所以当你发现某个歌手的现场演唱版本比专辑版好听的时候，其实就代表着这个歌手还在爬坡，还在往上继续攀登。凤飞飞在这场演唱会的聊天里说：“记得十二三岁的时候参加歌唱比赛，那一次真的得到了冠军，当时我坐在台下准备要上台领奖的一霎，那种期待、那种信心，那个时候想，我行的，我可以的，我现在可以爬上我歌唱的这一座山峰。站在这个舞台上，此刻的我觉得，我现在的心情，还是站在山脚下，期待要攀登那一座高峰。”

这段话让我印象很深刻，不光是感动，还觉得难过，因为她还在攀爬的途中，却被病魔夺走了生命。命运真是残酷，毫不留情。

我还特别喜欢这场演唱会里一个桥段，她给她当时还上初中的儿子打电话，让他跟观众问好。还和观众聊起育儿经，说她儿子的各种爱好，喜欢的动画片和小说，一年看完的金庸全集，最近喜欢的哈利·波特，说她很怀念抱着两公斤半的儿子在怀里的感觉，“软软的，像个肉团”，说她有多少儿子的照片，甚至还有他超声波的照片，儿子第一次剪下来的头发，第一颗掉下来的牙……还分享了儿子四个多月大时的笑声录音，以此引出了《心肝宝贝》这首歌。

这是我很喜欢很敬佩的罗大佑写的歌，五声音阶，顶真式的作曲（很多句子的后半句旋律会成为下一个句子的前半句旋律）非常迂回，非常唯美。词很反套路，罗大佑和李坤城一起用凤飞飞很擅长演唱的闽南语写出了童谣一般的质感，没有歌颂与弘扬，只有朴素的祝福。副歌采用对答的方式，一段是幼儿天真的提问，一段是母亲耐心的回答，也是摘不出什么朋友圈转发文案小金句，但通篇都很有民俗文学色彩。

凤飞飞名曲很多——《追梦人》《掌声响起》。我和同事小厚还出过一张翻唱专辑，与凤飞飞隔空合唱了《追梦人》。相比《追梦人》的宏大苍茫，以及《掌声响起》的煽情，我其实更喜欢《心肝宝贝》这样的轻言细语，有种我内心里的小孩儿被抚慰的感觉。我在出唱片之前，一直都计划着一定要去看一场凤飞飞的演唱会，凤飞飞是 2012 年初去世的，我 2012 年夏末发了第一张唱片，巡演的一路都常常会唱凤飞飞的歌，以表达对她的喜爱和缅怀。这一年巡演到了昆明，住在一个有美丽小院子的青年旅社，晚上竟然梦到了我溜达到院子里，凤飞飞坐在院子的石凳上，轻轻呼唤我过去一同闲聊，笑容亲切就像母亲一般。这个梦特别美好，以至于我常常回忆起来还能自我感动地为它加码，增添很多细节，譬如她衣服的质感，她跷二郎腿的姿势，画面滤镜的柔光程度……让它越来越像一件发生过的真事，凤飞飞和我早已去世的母亲的形象微妙地重叠到一起，她来看望成年之后的我，和我闲聊，对我微笑。

她还有一首歌我很喜欢，是琼瑶作词的《我是一片云》：“我是一片云，自在又潇洒，身随魂梦飞，它来去无牵挂。”

有时看到山上飘着一朵云，我会在心里想，她就在那座高峰上了吧。

没有泪的夜晚是天堂

没有泪的夜晚是天堂

第一次听到张信哲的声音，是初一秋游的时候，那应该是全班第一次坐大巴出去玩，路上不知道是司机还是哪个同学带了张信哲的磁带，用大巴车的音响放出来，我整个人都惊呆了，不仅我，平时吵闹的同学们也都安静下来，大家都在听这个人的歌声。

“我的爱如潮水，爱如潮水将我向你推，紧紧跟随，爱如潮水它将你我包围……”

“怎么忍心怪你犯了错，是我给你自由过了火，让你更寂寞，才会陷入感情旋涡……”

“不要对他说，夜里会害怕，别说你多晚都会等他的电话，别说你只喜欢他送的玫瑰花，因为这些是我仅有，残留的梦……”

“你难以靠近，难以不再想念，我难以抗拒你容颜，把心画在写给你的信中，希望偶尔能够见到你微笑的容颜……”

“你的宽容，还有我温柔的包容，没有泪的夜晚是天堂。”

（以上这些歌词都是我没有搜索就直接打出来的，以我这一片糨糊的记忆力来说，简直是个奇迹。）

听完两面磁带，整个大巴车里就是：东船西舫悄无言，唯见江心秋月白。大家都有种怔住之后又豁然开朗的感觉，仿佛我们这些懵懂的儿童，上一秒还在撒尿和稀泥，下一秒突然就懂了男女之情事，又好比亚当夏娃吃了苹果，突然开了窍，无法再直视彼此。

于是便开始喜欢听张信哲的歌，找同学借磁带，自己翻录到空白磁带，拿小笔记本抄歌词，抄完就对着学、对着练，那些歌词到现在都很难忘记，因为真的跟着唱了成百上千遍，在没有手机和太多钱的少年时代，听歌真就是为数不多的娱乐方式。

后来英语课上，老师让我们每个人都给自己起一个英文名，我就毫不犹豫取了“Jeff”这个名字，因为张信哲的英文名就叫Jeff。后来《宝莲灯》上映了，张信哲更是红到疯狂，学校所有晚会、班会、文艺会演，都有人唱《爱就一个字》。

现在回头看看张信哲早期的情歌，其实处处透露着自虐倾向，自我感动式的委曲求全，对情感的卑微渴望。这种情感观念在当时还挺流行，国内外都很流行，主要逻辑就是“我是受伤的，我是受害的，我是付出的，我是痛苦的，我是被辜负的，所以我在情感关系中是绝对占领道德高地的，我的情感贞操是完美的、纯洁的”。

流行文化和集体意识绝对是双向形成的，持有某种情感需求的人又多又有消费力，流行文化便会生产更多这样的产品，让它变得更加主流。这里就不得不说说唱片公司的重要性了，前阵子和朋友探讨唱片公司的意义，我觉得从前的唱片公司做得很好的一件事情就是把歌手商品化，找出歌手声音和形象中能引起听众共鸣的闪光点，无限放大这个点。这样做的好处就是，这些截取出来的闪光点很快能吸引它的受众（因为往往也都是一些很普世的优点，连“酷”“个性”“另类”这些词，其实也都是很普世的大众需求），受众可以得到抚慰或鼓励，也愿意为此消费。以前管这个叫“路线”，用现在的话来说就是“人设”，即人物设定。

很可怕吧，人居然是可以被设定的……所以这里又想说一下把歌手商品化的害处，歌手或者说是艺人，其实也都是活生生的人，人是很复杂的动物，不可能只有一面，往往还有很多面甚至能呈现对立面，一个人可以很复杂，很多变，很矛盾，这才算一个正常的人吧。但你只让我呈现某一面，大家也都觉得我只有这一面，只需要我有这一面，只爱我这一面，这种“爱”也就被物化，就像培育某个犬种，最后只需要得到某种特征极强的犬种，满足人们不同的需求。但是话又说回来，作为歌手，如果确实靠这样的操作获得了成功，赚到了名声和真金白银，那似乎又没什么好抱怨了。

这也是我一直不太有“追星”冲动的原因吧，很少关注喜欢的歌手的私生活和动态，除了买专辑，也不太支持别的项目，私下见到超喜欢的歌手时，除了尊敬所带来的压迫感，就没有别的感觉了，甚至想躲远一点（但出于礼貌或者某种表演人格的条件反射，会表现得很兴奋），因为我知道我并不真的了解他们，我只是喜欢他们的产品，而这些产品其实也都是集体产物，包含了词曲作者的人生和技巧，包含了唱片公司各部门的决策和努力，包含了编曲制作人乐手音乐家们的精彩演绎，包含了各种美学设计化妆造型……歌手本人虽然很重要，但也只是其中一环，我享受的是这个产品，而不是这个人。而且我很担心的是，如果我把这个人也当作产品，那将表示我也允许别人把我当个产品，无论在家、在校、在公司，在任何地方，我都将展现我那片面的优点来换取别人对我的一点点爱……惨啊！

所以“塌房”这样的词对我来说也是不成立的，因为这个词也建立在对人的物化之上。反正我喜欢的歌手或艺术家做了啥我都不会有感觉，有好的作品就享用享用，作品不对路子就换别的看看。在此各位也能看出我是在做铺垫了，是的，我也希望别人对我不要有“塌不塌房”这样的描述，你最好就当我是一堆地上的废砖烂瓦，本来就是垃圾，偶尔有点好东西就当作废物利用，变废为宝，毕竟垃圾里偶尔也能寻到一些好玩意儿嘛。这样你我都比较安心。

扯远了，说回张信哲。我录节目时见过他一次，在台上表达了爱意，还对他唱了几句他的歌，也不知道他会不会内心很尴尬。但那些歌确实让我在年少的时候找到了很多归属感，张信哲的声音的最大特点就是温柔，平顺，没有攻击性。像我这样生活中很敏感的人，很难抗拒这样的嗓音，会出现“原来世界上有这么温柔的人啊”的想象，会觉得自己受到了善待，有人比自己还委屈，有人代表自己唱出了受伤的感觉……

如果要说张信哲在音乐中的表现，可能大家都会觉得他音色很特别，高音很强之类的。但我觉得比起他的音色，他更厉害的是唱商[①]，他在演唱中对自己天赋的把控，其实是很超群的。在他的演唱中，情绪的动态一直都很平实，内敛得体，只专注于演唱，没有太多“戏”，这是他从一出道就能办到的，这一点很有意思，不知道是不是和他从小常在教堂里听唱诗班唱歌有关。我猜，他内心对自己的天赋应该是很有信心的，完全明白只需要简单展示自己的音质和音区，就足够让大家喜爱了，其他多一点炫技都是会扣分的。这份克制也让他的录音往往都很耐听，虽然有些编曲会有年代感，但他的演唱却淡泊如清泉，流淌于每个年代。

在最早期的录音里，像是 1988 年和潘越云合唱的《你是唯一》以及 1989 年专辑《说谎》里，他其实还有一点小小的问题，譬如句子里重音过多，咬字有点狠，鼻音偏重，发音靠后，愣头青的感觉还是蛮强的。但是到了 1992 年专辑《知道》里（这才过了三年呀），就已经完全成熟稳定了，咬字舒缓平顺，发音靠前，嗓音清澈，完美匹配了抒情伤感歌曲需要的那种声音形象，是王子一般散发着梦幻柔光的昂贵声线。正是这样的声线，才能在 1993 年把《爱如潮水》唱得如此摄人魂魄，让这首歌大获成功。

①歌手对歌曲的理解、把握和表现程度。

年少的我沉迷于对爱情懵懂的想象和迷惘中，完全接受了滚石打造的张信哲形象。说到滚石时期的张信哲，就不得不提到李宗盛，李宗盛是非常能把握市场的制作人，能够找到歌手身上与人共鸣的最大公约数。我对李宗盛一直爱恨交加。既“不喜欢”他太能拿捏人心，又感慨他把人拿捏得真是太舒服了，服务得太好了……他打造的那些歌手的形象都非常成功，非常精准，深入人心，但也让歌手的转型变得很困难。

所以年少的我听到张信哲离开滚石之后的《直觉》和《回来》这两张专辑时，便感到特别莫名其妙，甚至隐隐有种被背叛的感觉，这两张的选曲和编曲对那时的我还是太超前，不符合我只想要听他唱抒情苦情歌曲的刻板印象。

他之后的专辑果然也退回了比较传统经典的抒情模式。不知道是不是因为当年像我这样接受能力不佳的听众太多，大家都只想听到自己刻板印象中的张信哲……现在回看这两张唱片，很新鲜也很真诚，相比之前的专辑有很大突破和转变，他自己也花了很多心思在里面，是真的想要跟听众交流他在音乐路上的所得所想。你可以从中瞥见另一个张信哲，除了深情、委屈、承受，他还可以很都市、很新潮、很洒脱、很轻松、很迷幻、很神秘……我真的建议大家可以听听这两张专辑，在张信哲的专辑中是音乐性最强的。佩服他当年有过这样探索的精神，也感慨自己当年好东西听得太少了，所以山猪吃不了细糠啊，唉。

我现在听伤感情歌不太多了，那种讲究付出沉溺痛苦的情绪价值似乎也不是当今的主流了，现在的歌曲似乎更强调情感独立，强调个人主义。但偶尔听到从前的歌，听到张信哲用闪着光的嗓音唱出寂寞心事的时候，还是会很感动。人是复杂的，虽然情感独立唯我独尊，但在某些夜晚，我也实在无力藏住年少时囤积的多愁善感，就让那个孩子再次播放收音机里那盘自己翻录的磁带，唱出那些伤感的句子吧：没有泪的夜晚是天堂。

那年我们路过小小的山巅

“台湾民歌”这个主题其实我不应该写，因为涉及的人和歌的体量都很庞大，如果要把喜欢的歌手和歌曲都说一说，那这本书都不够写。况且也已经有人写得太好，整理得太清晰了，感兴趣的朋友可以去找来看看。我只是此刻想到一首歌，可以代表我的感受，就是施孝荣的《拜访春天》。台湾民歌流行时期对我来说就像华语乐坛的春天，我不是那个时期出生的，没有经历过那个萌动蓬勃的年代，只是无数次从那些美好的歌曲中，不断地回去拜访那个春天。

这里跟大家简单解释一下，“台湾民歌”中的民歌二字并不等同于我们平时说的“民歌”，而是更接近“民谣”，只是“台湾民歌”成了一个约定俗成的说法，改来改去没啥必要，就沿用了下来。

但似乎说成民谣也有点不符合当下对民谣的定义了，台湾民歌时期是在 20 世纪 70 年代到 80 年代中期，涉及的音乐风格其实是多种多样的，虽然确实有很多现在听来是民谣风格的作品，譬如叶佳修的作品，但也有比较古典风格的创作者和歌手，譬如李泰祥、齐豫、许景淳，也有很上口很流行的抒情歌曲，譬如梁弘志、蔡琴、郑怡的歌曲，也有比较注重原住民文化的胡德夫，也有偏流行摇滚的丘丘合唱团，还有致力于推广“台湾闽南语”传统民谣的陈达，甚至还包括在后期对民歌进行批判和颠覆的罗大佑……太多太多了，不同观念，不同风格，不同特色，汇聚一堂。

所以台湾民歌其实并不代表一个风格，就好像巴黎画派也并不是一种风格，后印象派也不是一种风格一样，这种界定方式其实是采取时间 + 地区维度的，我的理解是，从某个具体事件之后的某段时间内，在一个特定区域里的一些人各自或合作完成了某个共同目标或某种集体诉求，然后在更新更进步的潮流或架构到来时被拆解，融入更新的架构中或干脆消退，成为一个记忆符号。

我用这个逻辑整理一下，台湾民歌运动大概就是：从 1976 年李双泽在淡江大学砸可乐瓶开始，一些台湾地区的年轻创作人和歌手，各自或协同出了大量音乐作品，完成了李双泽号召的“唱自己的歌”这个共同目标，给华语乐坛贡献了新鲜的血液和巨大的推动力以及人才储备，这些力量随后逐渐形成或融入了以大唱片公司为主导的华语流行音乐行业架构，到 80 年代中期，台湾民歌的概念就已经被稀释到无法成为一个单独派别了。至此，华语乐坛的盛夏到来了。

我觉得从 1980 年台湾地区第一家唱片公司——“滚石唱片”成立，实际上就已经在拆解“台湾民歌”这个概念了，把民歌中的各种面貌都融入了自己的流行音乐工业化体系。

这就是当代社会大家都明白的道理：资本总是有办法收编一切当下时兴的元素和新兴的力量（连反消费主义都可以被收编用来构建成一种新的消费概念）。

台湾民歌对如今的年轻人其实没有那么重要，知不知道都无所谓，知道了也没什么了不起，不知道也不妨碍继续享受如今的华语音乐，因为它的血液早已渗透到华语音乐的细枝末节。

但台湾民歌这个概念对我来说却很重要，它相当于我听音乐的一种初恋情结，相当于我与音乐初遇一刹那所看到的美丽。

完全无法想象自己不曾有过那样的相遇：

不曾在儿时的黑胶唱片中听到那样的意象：阳光，沙滩，海浪，仙人掌，还有一位老船长（《外婆的澎湖湾》，词曲：叶佳修）；

不曾在音乐课中听包美圣用最清丽的歌声描述童年乐事：池塘里水满了雨也停了，田边的稀泥里到处是泥鳅（《捉泥鳅》，词曲：侯德健）；

不曾听到银霞用少女细软的声音唱出一株植物带来的落寞：我从山中来，带着兰花草，种在小园中，希望花开早。一日看三回，看得花时过，兰花却依然，苞也无一个（《兰花草》，作词：胡适，作曲：陈贤德、张弼）；

不曾听到蔡琴唱出这样的柔情：但愿那海风再起，只为那浪花的手，恰似你的温柔（《恰似你的温柔》，词曲：梁弘志）；

不曾听过齐豫披着长发唱出这样的荒凉：不要问我从哪里来，我的故乡在远方（《橄榄树》，作词：三毛，作曲：李泰祥）；

不曾听过郑怡用那冲破云霄的声音唱出民间歌手陈达的故事：抱一支老月琴，三两声不成调，老歌手琴音犹在，独不见恒春的传奇（《月琴》，作词：赖西安，作曲：苏来）；

不曾听过徐晓菁和杨芳仪用最和谐的二重唱表达关于秋的感怀：听我把春水叫寒，看我把绿叶催黄，谁道秋下一心愁，烟波林野意幽幽（《秋蝉》，词曲：李子恒）；

不曾听过李建复用威严的声音唱出民族的阵痛：巨龙巨龙你擦亮眼，永永远远地擦亮眼（《龙的传人》，词曲：侯德健）；

不曾听过杨弦和罗大佑各自用不同的旋律谱写思乡的时代悲歌：给我一瓢长江水啊长江水，那酒一样的长江水，那醉酒的滋味是乡愁的滋味，给我一瓢长江水啊长江水（《乡愁四韵》，作词：余光中）；

不曾在王梦麟的歌声中一瞥传统民俗文化的魅力：欢锣

喜鼓咚得隆咚锵，钹铙穿云霄，范谢将军站两旁，叱咤想当年。战天神护乡民，魂魄在人间，悲欢聚散总无常，知足心境宽(《庙会》，作词：赖西安，作曲：陈辉雄）；

不曾听过陈明韶把乡愁揉碎了融入远行脚步中的浮云游子意：浮云一样的游子，行囊装满了乡愁，虽然努力往前走，乡愁一样入梦中（《浮云游子》，词曲：苏来）；

不曾听过金智娟用沙哑亢奋的声音呐喊：就在今夜我要离去，就在今夜一样想你（《就在今夜》，词曲：邱晨）；

不曾听过黄大城巍峨的声音中广阔的天地：茫茫沧海中，有我一扁舟，碧海蓝天为伴。我随轻舟航，航向海天会，海鸥轻风为伍（《渔唱》，词曲：靳铁章）；

不，我完全无法想象自己没有听到过这些歌，没有被他们的声音震撼、感动、温暖过。如果没有这些作品，我可能也无法写下自己的那些作品，无法“唱自己的歌”，无法把自己的所思所想传到别人的耳中、心中。

如果音乐有四季，不知道现在烈火烹油的华语音乐市场是处在哪个季节了。如果人生也有四季，那我的人生肯定已经不是春天了。但所幸春天的气息早存在于我的每一个肺泡里，使得我一张嘴就能回到春天那小小的山巅，在那些歌里去拜访美好的年代。

那年我们来到小小的山巅

有雨细细浓浓的山巅

你飞散发成春天

我们就走进意象深深的诗篇

——《拜访春天》

这里的景色像你变幻莫测

时尚潮流到底多少年一个轮回？我最早记得有人说是四十年还是三十年，后来又好像变成了二十年，为了严谨，在百度上搜了一下，百度说是十年，这……不会吧？十年就开始轮回那也太着急了，现在新产生的时髦概念们这么容易就被代谢掉了吗？

最近貌似流行千禧风，就是所谓的 Y2K，不知道这篇文章发出来的时候，Y2K 这个概念是不是又已经过时了（毕竟现在已经有 Y3K 的说法了）。Y2K 就是 2000 年前后时髦的东西，具体是些啥我就不赘述了，大家应该都比我清楚。

2000 年那会儿我还没手机，网吧也刚开始流行起来，街上还有很多唱片店，店门口一般会高高架起一套电视机和音响，大声播放当下热销或者推荐的新歌 MV。刚上初三的我走在西安交大和理工大中间的一个城中村，应该是沙坡村吧，有点不太确定了，那边有好几个小唱片店，我常常会过去看看有什么新唱片。那天，熟悉的唱片店门口放起了陈绮贞《告诉我》的 MV，放完了又接着放《还是会寂寞》的 MV，我在门口太阳底下站着看了很久，我的千禧年到来了。

不得不说《还是会寂寞》这张专辑的封面还真有点所谓的 Y2K 味儿：红色分层染的狼尾蘑菇头，金属色全包耳机，有点 LOMO 相机感觉的偏色滤镜，斜着眼睛盯着镜头外。陈绮贞的声音初听起来是甜的，但多听几句就会发现，她甜得很敏感，甚至很敏锐，就像这张专辑的封面，带有几分观察者般的审视。声音仿佛只是她的糖衣炮弹，能很快抓住你的耳朵，吃下这个糖之后就会发现，她还很酸、很辣、很奇怪。虽然主打少女感的歌手很多，但这么奇怪的少女感倒是独一份。

当然就这张专辑而言，歌大部分都很顺耳、很流行，在这个基础上又做到了和“其他歌手的专辑”不一样的质感，开头《越洋电话》和结尾《灵感》都是纯吉他弹唱的歌，有暴躁电吉他摇滚感搭配少女甜嗓制造冲突感的《我的骄傲无可救药》和《等待》，有 Bossa Nova[①]清新下午茶感的《下午三点》，有室内弦乐团搭配六拍子华美忧伤的《温室花朵》，还有莫名其妙的电子 remix[②]《午餐的约会》。加上主打的流行歌《还是会寂寞》和《告诉我》，整个专辑听感非常丰富。歌都是陈绮贞自己写的，我现在很能理解为什么当时听着会有“既很简单又很与众不同”的感觉了，一个专辑会爆火是件很复杂也很有机缘的事情，其实倒推是没有意义的，但我

①一种音乐风格。

②再混音。

还是想倒推着来赞美一下这张我很喜欢的专辑。

这些歌真的是往简单易懂的方向写，但编曲要往复杂多元的方向搞，在强调创作型和保持流行度之间做到一个平衡，不过于另类，也不过于讨好。“听着感觉很简单清新”其实是因为这些歌写得都简单，在这之前和之后的专辑中，陈绮贞都拿出过一些黑暗另类或者比较深沉充满隐喻的作品，但《还是会寂寞》这张就是主打一个顺耳，小情小调，不玩深沉。而“感觉与众不同”是因为编曲都很精良，哪怕只是吉他弹唱，和弦的编排都毫不马虎，运用了大量爵士和弦以及离调和弦。

说一件有意思的事，我大学实习期的时候在西安刚学会吉他，看交大附近的“雕刻时光咖啡馆”有个吉他爱好者的聚会，就报名参加了。结果到了发现所有人都在弹陈绮贞的歌，定睛一看海报，发现原来我看漏了，这是陈绮贞吉他爱好者聚会。所有人都会弹《太聪明》《表面的和平》和《旅行的意义》，轮流来了一遍，我真的大开眼界……这很好地说明，陈绮贞很多歌曲的吉他都编得精妙，有点难度，但又不会过于困难，让人想要学一学，努力努力也确实能学会，在朋友面前弹出来还会有点炫技。

我整个高中和大学时期都很喜欢听陈绮贞的歌，我觉得她的优势就是她的歌词不是那么直线条的，没有那么多刻板的表达方式，简单说就是不那么套路，常常会很细腻，又很矛盾，甚至很混沌、很浑浊，有时候很诗意，有时候很矫情。我喜欢这种矫情，因为我自己就很矫情。

现在通常说一个人矫情，实际是想说这个人怎么这么不合群，这么格格不入，但我想我们每个人都有不从众的权利，都有格格不入的资格吧。那些超越时代的艺术作品之所以会诞生，不正是因为其创作者的不从众、格格不入吗？站在音乐，特别是写词这件事上来看，陈绮贞的矫情就在于她总能有很多新的角度，新的切入点，形成很独特的表达方式。

大家都在唱后悔，但她的后悔是："我开始后悔不应该太聪明地卖弄，只是怕亲手将我的真心葬送。"大家都在唱嫉妒，但她的嫉妒是："嫉妒你的快乐，它并不是因为我。"大家都企图占有，但她的占有却充满了无限解读性："你的身体跟着我回家了，我把它摆在我的床边，它曾经被你暂时借给谁，它现在静静地躺在我的衣柜。"大家都在唱心动，但她的心动是："而你手中的烟，一阵阵又一阵阵，使我折叠好的心情，又再一次一件件被你翻起。"大家都在唱成长，而她的成长是："一步一步走过昨天我的孩子气，孩子气保护我的身体，每天每天电视里贩卖新的玩具，我的玩具就是我自己。"大家都在唱如何揭穿谎言，她的揭穿方式是先为对方铺垫了一大堆浪漫的旅行经历，最后点出："你离开我，就是旅行的意义。"大家都在唱孤独，有人恨孤独，有人爱孤独，她的观点是："喜欢一个人孤独的时刻，但不能喜欢太多。"……

多么刁钻啊这个女人！这样的刁钻太宝贵了。其实写歌这件事写来写去，人们关注的母题都是那么一些，太阳底下早就没有新鲜事了。但优秀的创作者总是能找到新角度去切入那些老问题，音乐才不至于成为千篇一律的样板戏。很多人都觉得陈绮贞的音乐是小清新，这个标签太刻板了，明显没听过几首她的歌。要我来说，她的音乐有点像藿香正气口服液，刁钻辛辣很上头，效果显著能解毒。

一次去台湾玩，专门还去了她歌里的“九份”，那是一个顺着山的街区，有点像厦门曾厝垵的地形。九份老街给我的感觉跟那首《九份的咖啡店》很不一样，没那么舒服，游客很多，很商业很无趣，东西也不算很好吃。但那份遗憾又是契合的，歌里写“这里的街道有点改变，这里的人群喧闹整夜……是否还能回到从前？”。很多地点、很多城市都会慢慢改变，人也是，我自己也是，生活变了，听的歌也变了，我也像个景区，心里的游客越来越多。

很久之后再听到她的大新闻，是最近关于离婚和与前夫的版权纠纷，前夫对她的道德指控以及艺人朋友们对她的支持，等等。我其实没有太关注具体内容，不想知道太多，对她到底是怎样的人，我心中有自己的答案，对我而言，相信这个答案比知道真相更重要。

我以为自己对世事无常已经颇为习惯，对各种事情都可以平常心面对了,但有天在演出城市的酒店,同事突然跟我说，陈绮贞在音乐节现场唱着唱着哭了，我听完，哗啦一下就开始流眼泪……哭完自己也不知道怎么解释这种情绪，明明很多年都没有特别关注她，但还是挺难过。她一直在歌曲中表达破碎与撕裂，这次却是用身体、用眼泪在现场表达，我想是这个震撼到了我吧。

但我很羡慕她还有这样的敏感，允许自己脆弱，允许自己在那么多人面前哭泣。我也庆幸自己还能被触动，还能为那个在二十年前令我驻足的人流下一些说不清道不明的眼泪，这真好，证明我尚鲜活，还能矫情一阵子。

她今年农历三月六号刚满二十二

我和陶喆有不浅的缘分。

高二到高三准备美术联考的时候，常常要待在画室，每天对着一堆瓶瓶罐罐和石膏像还有同样愁眉苦脸的同学们，画着无聊的素描速写水粉画。那时四川美院还没有虎溪校区呢，我上课的画室就在老川美对面的山坡下，破破烂烂一个民房，我的老师弄了台磁带录音机，允许我们一边画画一边听歌。一起学画的同学时不时拿些磁带来放一放，陶喆的《黑色柳丁》是长期保留磁带，大家都很爱听。

其实之前家里有陶喆的 VCD，也是地摊上买的，盗版货，歌曲主要是前两张专辑的，也就是现在大家所说的“蓝专”和“黄专”，非常厉害的专辑，但我那时还不太能听懂，只是看着 MV，觉得这个男的挺酷，歌都怪怪的。等到在美术班听到《黑色柳丁》这一张的时候，我的身体已经发育得比较完善了，内心也有很多关于未来的迷茫涌动，青春期躁郁的神经异常活跃，于是很容易就被《黑色柳丁》中那绝望挣扎的情绪给打动了。

很想说　但又觉得没有话好说
我只恨我自己
逃不出这监狱
或许我　是个没有出息的小虫
不该一直做梦
你不是个英雄

——《黑色柳丁》

那时我确实整天都在做梦，盘算着要离家千万里，进入怎样的大学，有着怎样新的开始。但一切又很未知，大概会随着一个分数的公布而崩塌。这样悬而未决的恐怖日子真是像监狱啊。

那个年纪的少年也是愤世嫉俗的，对这个世界不满，所以也会被《Dear God》里的愤怒和呐喊所感染。

真理和公平都变成了笑话
我不愿意住在这样的城市里
话题都围绕在腥色暴力
有八卦没想法
计算逃避人人都在玩游戏
没有钱没人理你

——《Dear God》

这么多年过去了，前阵子再听《Dear God》，反而觉得更感人了，也察觉到年少时听这首歌所共鸣到的愤世嫉俗其实是我的错觉，陶喆通过对社会的这般凝视，想表达的并不是愤恨，而是爱，是无力的爱，也是绝望的求助。这首歌的前面有一段叫《今天晚间新闻》的音频，大家感兴趣可以找来听听，那些内容现在听来也还是很绝望、很无力，世界似乎没有变得更好。

但有人愿意这样精准地呐喊和求助，就显得格外温暖了。我从陶喆的歌里能感觉到他对音乐和生活都是非常有热情、有好奇心的。除了拥有良好的技术，他还拥有真实的情感，他歌曲中表达的情绪都有非常明确的抒发对象和触发事件，很具体，不空洞，不会套路式喊口号。

陶喆的情感是很蓬勃的，当然也包括爱意和情欲，他的情歌写得格外地好，而且高产又多元，光是在《黑色柳丁》这张专辑里，就有嬉皮笑脸的《讨厌红楼梦》《宫保鸡丁》和《My Anata》，有温柔抒情的《蝴蝶》《月亮代表谁的心》和《Angel》，有遗憾惆怅的《Melody》。

陶喆的专辑其实发得不多，从业三十年，正式的专辑（除去EP和精选集）才发了七张，但每张专辑都很周全，把传唱度、音乐性、批判性、人文关怀都照顾到了，既好听又耐听，还实用。关于陶喆音乐的实用性，我是有亲身体会的，刚上大学时我加入了音乐社团，一开学就要在迎新晚会上表演唱歌，我唱的就是陶喆第一张专辑里的情歌《爱，很简单》，后来在学校大大小小的晚会上还唱过《流沙》《找自己》《小镇姑娘》《普通朋友》《Susan说》……还经常听别人在台上唱《爱我还是他》《就是爱你》……前些年上节目还跟人合唱过《今天你要嫁给我》，老陶真是写了不少实用歌曲啊。

不仅实用，走心的时候也是让人老泪纵横，我记得一次在北京四环辅路上骑自行车，耳机里突然播到陶喆的《十七岁》，我哭得停在路边抹眼泪，这首歌的作词人娃娃（陈玉贞），把回忆与现实之间的差别，感情与理性的矛盾，说得太好了，而且都只是用很平实的字句。

不再是十七岁的我和你
最好还是想念别再相见

——《十七岁》

还有一次买了新的蓝牙耳机，低频比较优秀，散步的时候便戴着，听陶喆蓝色专辑里的《沙滩》，贝斯声音一出来我直接就落泪了，边走边哭，听了一遍又一遍，感慨怎么编得这么好听，以前那些差劲音箱耳机就放不出来这个贝斯，感染力弱了好多。原来这首歌的编曲这么有层次，用一个贝斯做了一个loop，shaker轻轻维持一个节奏，钢琴稍微垫一点，吉他清冷的泛音和长音交错加入，一些小打击乐逐渐加入，和音唱出一些长音，弦乐也进来了，only blue，only blue，几个段落的功能递进都很顺滑，一气呵成……陶喆的演唱也是存在感不高但控制力极佳，力很轻，情很切，大多数时候是像沙一样松弛软绵的气包声，偶尔几个高音也是点到为止，不过分渲染痛苦，只有绵长的遗憾，像海浪冲刷过的沙滩。

刚才点开陪伴我高中备考岁月的《黑色柳丁》专辑里的

《二十二》,听到副歌又闷头哭了一阵子,因为歌里的那个“她”真美好，在不同年纪听这首歌，都能看到歌里年轻、迷茫、满怀期待，但又有些不舍、有些畏惧的那个“她”或者那个自己，能重温那份期待，也总能代入新的感慨。

人生偶尔会走上一条陌路

像是没有指标的地图

别让她们说你该知足

只有你知道什么是你的幸福

——《二十二》

二十二岁的我应该是上大四了，整天塞着个听不出贝斯的破耳机，听着我的MP4播放器里杂七杂八的专辑，吉他只会几个和弦，每周都要赶作业，时常思索以后到底是考研还是找工作,踏入未来的每一步都感觉格外黑暗,需要大量勇气。

还好自己一直都会在最关键的时候鼓足勇气选择挑战，就这样摸黑走到现在，虽然人生依然像没有指标的地图，但好在身边还有很多朋友可以信赖，还有很多音乐可以聆听，还有些梦可以做到第二个二十二岁，第三个二十二岁……

时光悠悠　青春渐老

2011年的时候，我在北京一个教育机构当美术老师，一个月工资三千元，除去房租、交通和吃饭，生活紧巴巴的。北京生活成本挺高，我和朋友合住一个插间都要一千多元。好在那会儿在网上发了不少歌曲小样，有那么一点点听众，每个月只要办一场弹唱会，日子就能过得下去。后来美术机构老板知道我在外面有副业，就很真诚地把我辞退了，并说："你在音乐上面可能会更有成就。"这相当于"发好人卡"吧……

收入不稳定了，只好搬到更便宜的房子，且每个月要办两场弹唱会才能养活自己了。但那会儿年轻力壮，很有热情，积极准备不同的主题，排练演出曲目，自己做演出海报，还总写新歌。某次演出前两天，我微博收到一条私信，有个人跟我确认演出地点，说他要来看。我一看名字：姚谦。

这个姚谦该不会是那个姚谦吧？我赶紧点进他微博看了看，好家伙，还真的就是那个姚谦。我赶紧说："姚老师好，需要给您留几个座位？"对方说，不用留座位，不用叫老师，叫姚大哥或姚大叔都行。

我那时比较愚钝，说不让我留座位就真的没留，后来演出当天人不少，场地里面坐满了，我演出很紧张，也顾不上谁来谁没来，只是隐约看到窗外有一个瘦瘦的身影。后来私信再问他，果然他就在窗外看了我的演出。

后来一来二去熟悉起来，但至今我也没敢喊他哥啊叔的这种熟络称呼，还是坚持叫老师，这完全是因为他的创作对我的青少年时期太重要了，每次想到“这些歌是他写的”，就不得不肃然起敬。

由于刚认识的时候姚老师放过“有什么需要帮忙就说”这样豪气的话，于是我在南京做第一张专辑期间，和同事小厚在公交车上突发奇想，发了消息问姚老师，说我们有首歌叫作《你飞到城市另一边》，想请姚老师帮忙录一个念白当作前奏，把歌词也发给了他。其实这也是受到了姚谦制作的江美琪的《恋人心中有一首诗》专辑的启发，这是江美琪在维京唱片的最后一张唱片，每首歌前面都请不同的人念一段口白，姚谦不仅在这张专辑里狂写了六首词，还念了其中一段口白。等我们到站下车的时候，居然已经收到了姚老师的音频文件，他毫不犹豫就直接录给我们了……所以《春生》这张专辑的制作虽然简陋不堪，但也是有大师加持的！

人与人的相遇真是奇妙啊，之前从未想过会认识这个在专辑歌词页和 KTV 歌名页频频见到的名字。1989 年姚谦写出《鲁冰花》的时候，我还没有上幼儿园（后来上幼儿园听过了《鲁冰花》还一直很纳闷为什么爷爷要想起妈妈的话），等我能在卡拉 OK 里和同学一起唱《味道》《我愿意》，还有

《电台情歌》的时候，他已经离开了新力唱片，到维京唱片任职，开始制作江美琪、萧亚轩、林忆莲等人的专辑了，啊，那已经是千禧年的事情了……

那时在电台里偶然听到江美琪的《对我好一点》，觉得蛮酷的，就买来听。这应该是姚谦在维京监制的第一张专辑，选曲和编曲挺超前的，独立摇滚风，翻唱了一些国外乐队的歌。江美琪那时的嗓音还没定型，只能让人模糊地感到“很能唱”，具体能唱什么还不确定，但唱腔很冲，有野劲，姚谦应该也是看到了这一份野，才给了这张专辑这样野蛮女友般的质感。

不过这张专辑在市场上不算太成功，所以到了第二张专辑《第二眼美女》时，风格有了转变，一开场就是很有震慑力的《我多么羡慕你》，姚谦作词，张洪量作曲，一首高难度抒情歌，旋律线条极长，纯吉他伴奏设计了大量留白，全靠小美的气息和情绪来撑住整首歌。专辑收尾歌同样也是抒情金曲，由姚谦作词，黄国伦作曲，齐秦原唱的《袖手旁观》，小美驾驭得也很出色，以至于日后很多人以为这个版本才是原唱。她这时的声音和唱法都很稳定了，对文艺抒情歌曲的表现力开始凸显出来，也被姚谦很精准地呈现在专辑中。从这之后江美琪的声音形象就变得很清晰了。

江美琪在维京的唱片我全都很喜欢，姚谦给江美琪的唱片提供了大量的文字助力，很多句子多年后品味起来还是很有嚼头：

当我习惯寂寞，才是自由的时候。——《双手的温柔》

当我想起你，有一种绝望的灰心，总会让街头某个相似背影，惹得忍不住伤心。——《我又想起你》

想念让落单人心情变成了夜里的诗人，耳边一阵风，都像爱过的人低语。——《夜的诗人》

朋友的朋友，我们最后的关联，隐藏好的伤悲，不想被你感觉。——《朋友的朋友》

我知道你最爱的人绝不是我，我只是当时可以安慰你的梦。你不是喜新厌旧，只是还没有把握，爱得不会太久。——《不会太久》

姚谦把情歌中的哀怨写得很委婉、很平静，也很写实，总能让人想起自己感情中的小小细节。我也曾在街头看到相似背影，就突然感伤起来；也常常告诫自己要习惯寂寞；也把过期的情意看作当时互不可少的安慰……姚谦写给江美琪的歌里面，我最喜欢的是《那年的情书》：“手上青春，还剩多少，思念还有，多少煎熬，偶尔惊见用过的梳子，留下了时光的线条。”

惊见梳子上时光的线条……真是大呼一声精彩啊，虽然感觉他并不是想要炫技，但却非常见功底，这样的句子已经把流行歌曲的歌词拔到文学高度了。姚谦很喜欢张爱玲，笔法中也透着张爱玲般的细腻，他给刘若英写的那首《原来你也在这里》，也正是用张爱玲小说中的一句话来延展出这样美的歌词：“请允许我尘埃落定，用沉默埋葬了过去，满身风雨我从海上来，才隐居在这沙漠里。该隐瞒的事总清晰，千言万语只能无语，爱是天时地利的迷信，哦，原来你也在这里。”

姚谦很勤劳，作品极多，每次去KTV点歌，总是很诧异：啊？这也是他写的啊?！KTV若是没有姚谦的作品，伤心的眼泪都不知道应该流向何处……虽然他合作过无数歌手，但今天我想聊的其实是当年被称作“维京三小花”的江美琪、萧亚轩，还有侯湘婷。

可能是因为有了做江美琪唱片的经验，萧亚轩首张唱片一上来就是一首抒情歌《没有人》，无前奏直接开口，一副“让你们见识见识这位新人神奇而迷人的女中音”的架势，看似很平静的开场，但势如破竹，令人难忘。二十岁的萧亚轩沉稳地唱出了姚谦笔下那份带有都市感的落寞心情：“爱，最迷信的信仰，拯救了寂寞啊，却掉进更深迷惘……从来没有人来过我的心上，我只是你中途过站的地方。”

这张专辑里，姚谦除了贡献出《没有人》《最熟悉的陌生人》这样厉害的抒情歌之外，还写了《Cappuccino》这样的teen pop[①]舞曲。这一整张的选曲和编曲也都非常厉害，有拉丁融合电子舞曲的《爱是个坏东西》，有big band[②]风格的《甩啦甩啦》，有好听到我无法归类的《突然想起你》，也树立起了“姚谦＋陈伟”这样的标杆创作组合……

当然这也不是萧亚轩在维京时期最绝的专辑，毕竟接下

①青少年流行。

②大乐队。

来的《红蔷薇》和《明天》更绝。这两张专辑里，姚谦也是一顿狂写，大量输出，难怪日后萧亚轩的歌迷都很挂念姚谦，简直亲生的艺人！《红蔷薇》专辑里虽然有《一个人的精彩》这样的强势主打歌，但我比较喜欢的是《窗外的天气》《夜》和《蔷薇》，特别是《夜》的歌词，完全是文学层面的。

> 只要给一苗火光
> 眼前就变成港湾
> 谁藏匿欲言又止的渴望
> 夜的手指　轻轻一碰就渲染
>
> ——《夜》

萧亚轩确实是比较全能的歌手，什么都搞得定：抒情慢歌展现独特音色，中板情歌展现韵律节奏，动感舞曲还能展现舞蹈能力，气质又挂得住各种时髦装扮……她在维京时期的所有唱片里都会有一些文艺气质的歌，时髦归时髦，不能是肤浅的潮流，还得有一些华人特有的内敛和细腻，我猜姚谦就是这么打算的。

萧亚轩在维京时期和离开维京之后的唱片风格非常不一样，包括唱腔，咬字，选曲，封面……由此大家应该可以更清楚了解制作人的工作范畴了，从歌手的人物形象到声音形象以及视觉呈现，制作人都需要全方位参与。很多歌手换了制作人就像换了歌手本人一样，因为每个制作人对歌手的想象都不同，操作的思路也很不同。当你觉得从前喜欢的某歌手的新作品突然不对你口味了时，那其实是新的制作人对这个歌手的想象和你不一样（不排除新制作人亦是歌手本人的情况）。我不能说孰好孰坏，也说不好哪个才代表了萧亚轩本人，但如果视“萧亚轩”三个字为一系列音乐产品的话，维京的萧亚轩明显代入了姚谦的思考，是一个他们聚合起来的富有阶段性特色的产品。

相比萧亚轩这样的六边形战士，同一个公司的侯湘婷就是那种比较偏科的类型了，但同样也很有特色。发第一张专辑《你爱我吗》时，侯湘婷才十七岁，姚谦操刀制作，第一首歌就是姚谦作词、伍思凯作曲的《秋天别来》，一首钢琴和弦乐伴奏的清冷慢歌，这首歌到现在还经常在夏末秋初出现于朋友圈的分享当中。侯湘婷的短板在于，嗓音比较白，高音区紧绷尖锐，真假音换声点有明显的缺陷，但好在中音区温暖，语气清甜自然，光听声音都能感受到她实实在在的少女感。加上长相也是很亲切的邻家美少女，所以姚谦对她专辑的定位就是少女心事，没有负担很重的文字，忧愁是淡淡的，快乐是轻巧的。这样的形象之下，连唱歌的短板都为她增加了真实感，就像一位学校里唱歌不错的学姐，虽然唱得不是超厉害，但大家就是爱听她唱。

我曾跟姚老师表达过这张专辑的封面令我印象深刻，侯湘婷梳着四六分中长发，穿着白衣，用有点质问的眼神直视镜头。姚老师说，因为那时候的侯湘婷实在是太年轻了，才十七岁，什么妆都不用化，也不用怎么造型，就素颜往风景里一站，随手拍出来就是封面了。听起来是很轻易的语气，但这样的把握和直觉，是优秀的制作人才会有的，就是要看到产品或者说歌手最宝贵的地方，尽力保护，不去破坏一点点这样珍贵的火光。

是啊，年轻真好，光是“年轻”这两个字就已经很美好了。还能想起来中学的时候我和班里一个女同学，两个人吃完午饭在学校操场分享耳机听着随身听，里面转动着侯湘婷的这盘磁带。这位女同学当时很喜欢侯湘婷，有着同款四六分中长发，也会在同款的风景里盯着一个虚无的镜头，跟着耳机里的声音一起轻唱：知道你很快有了新恋情，我有点嫉妒，有些安心……

侯湘婷以每年一张的速度在维京发了三张专辑一张新歌加精选，不知道是否因为短板明显，转变需要很谨慎，所以直到发新歌加精选，转型都不算太大。但能感觉到姚谦想让她往成熟知性上面靠一靠了，譬如这张专辑里，侯湘婷翻唱了林慧萍 1991 年的作品《我是如此爱你》，同样也是姚谦作词。

你在追寻中沧桑
我在无言中转身
我们终究还是回到
各自世界里

——《我是如此爱你》

林慧萍的版本是属于成熟女性的缠绵愁怨，侯湘婷版改成了六拍子，把原本的缠绵愁怨演绎为青春里淡淡的遗憾，这首歌我其实比较喜欢侯湘婷的版本。可惜侯湘婷后来就离开了维京唱片，很难再得知姚谦原本对她的后续规划了。侯

但愿那海风再起

秦昊——作品

湘婷在几年之后也出过一张 EP，换了制作思路，形象变得性感起来，但我每次看到这个名字，还是只会想起在《为你流的泪》MV 中，十八岁的侯湘婷穿着白衣披着长发站在泳池边，唱着："这是我为你流的泪，当我们已渐行渐远，我知道回忆是一种愚昧，这一生只容我笨一回。"

年轻的好处就是不管说什么鲁莽的情话或是许下多么离谱的承诺，又或者流下多么心碎的眼泪，都显得很真诚，有不容置疑的力量。我非常清楚地记得高中某个午休时刻，听着本多 RuRu 的磁带里播到《美丽心情》，"只有曾天真给过的心，才了解等待中的甜蜜，也只有被辜负而长夜流过泪的心，才能明白这也是种运气，让他永远记得曾经有一个人，给过完完整整的爱情"，我望着窗外被晒到卷起来的树叶，想着，哦，原来还可以这样自我释怀，等待也可以算甜蜜，被辜负也可以算运气啊。

还有大四实习期在西安的一个十字路口，耳机里放到蔡健雅的《纪念》，"那一瞬间你终于发现，那曾深爱过的人，早在告别的那天，已消失在这个世界"，那时也恰好结束了一段恋情，突然揣摩出歌词中的意味，躲到人少的地方哭了一通。

后来北漂的时候某次和朋友们聚会，大家喝了点酒，半醉不醉，我弹唱了一首莫文蔚的《爱情》，"若不是因为爱着你，怎么会夜深还没睡意"，唱完我倒是没哭，旁边哭了好几个。

这些浸满了泪水的爱情词句，也全都是姚谦的作品。他虽然也说过由于激素水平的关系不会再创作像《我愿意》这样的歌曲了，但还好他曾经写了那么多情歌，能让人时不时以年轻的心与之碰撞，撞出眼泪。

2016年年底我和小厚去姚老师家做客，参观他家大量的艺术藏品，一起聊天的时候姚老师给我们提了个想法，说新专辑可以试试用写信的方式，写给一个个具体的人。于是我们在2017年做了一张专辑，我和小厚各自写了五封信，有给彼此的，有给家人的，有给爱过的人的……再把它们总结成了歌，成了《实名制》这张专辑（因为寄挂号信需要实名制嘛）。这张专辑里还邀请姚老师写了一首词，我有幸为它谱了曲。

平常邮件____ 演唱：好妹妹 作词：姚谦 作曲：秦昊

在键盘上写信
敲出来的句子
都是快板的歌曲
平常的邮件怎么可能都是欢愉
流水作息点点滴滴
未来与回忆再加上琐碎的小事
也够写上一封信
不小心都成了慢板长句

就像跟你说话时
习惯轻轻
几回呼吸才完成一句
然后一句一句抵消
一公分一公分的想念

还好没那么想你

很快平息

多写的话像在安抚自己

人不是地球上唯一

会感到孤单的动物

却唯一会写信

幸好你也不嫌弃

平凡得如呼吸

…………

流水作息点点滴滴

忘了关的窗和落单的袜子

还停在平常里

擦不干净的眼镜和桌上的吐司屑

陪着我写着这封信

这是姚老师与家人一起过完春节后，众人各自回家，热闹之后的他恢复平静，边收拾桌上的吐司屑，边想到了这样的句子：人不是地球上唯一会感到孤单的动物，却唯一会写信。写信确实是人类独有的浪漫，也是渐渐有点过期的浪漫，这个时代强调短平快，一切都需要效率，仿佛人们更感到人生短短，怕不够时间览尽所有喜悲。

听姚谦的作品，特别是那些陪伴我青春岁月的情歌，总能让我回到只有磁带和CD的日子里，回到那缓慢的浪漫里，坐在孤单中细细重读起那年的情书，时光悠悠，青春未老。

去见他

宽宽的大海，我要去见他

第一次听见小娟的歌声应该是我在网上查南方二重唱的《细说往事》还有没有别的版本的时候，看到还有一个小娟 & 山谷里的居民的版本，点开一听，就完全停不下来，被这个女人的声音折服。

那时她已经出了两张翻唱和一张原创专辑，两张翻唱专辑里的歌都是我很喜欢的一些经典抒情歌，原创专辑《红布绿花朵》比较有意思，除了第一首吟唱的歌，剩余的歌都是小娟自己写的，她除了唱歌厉害，写歌也厉害。但她写歌的厉害又是比较奇特的路数，跟大部分创作者的套路都很不同，或者说她没有什么套路，不分什么主歌副歌，想到哪儿说到哪儿，常常有很简短且不押韵的歌词，一段式的旋律，大量吟唱，单句重复……这些手法在平时听的流行歌曲里并不常见，但当你听多了流行歌曲的套路时，听到小娟就会觉得喝了一口很解腻的清茶。

雨停了　还有雨水

未流完

它们从那儿　滑下来

落入我的盆

成为我的　滋养我的花

——《雨水浇花》

这感觉也像是江湖上的武林高手各有绝活五花八门，但有个女子天赋异禀，没有拜师学过一天招数，只靠内功随便挥手都能横行武林。国语歌手里面有两个人能给我这种感觉，一个是齐豫，一个是小娟，我管她俩的唱法叫“气功”，声音都用大量的气来包裹着送出，所以不管高音有多高，听起来都不会有很凄厉的金属感，依然都感觉到声带的松弛度，实在是令人惬意。但要达到这样的送气程度和惬意的听感，其实需要巨大的肺活量以及高稳定度的强健声带，这件事吧……我觉得天赋要占百分之八十以上，得老天赏饭，剩下就靠保养和维持了。

《红布绿花朵》的封面是小娟微笑着坐在一个房间里，窗外是一片绿意盎然，大家记住这个封面，稍后会提到。

我在 2011 年年底到 2012 年中筹备《春生》这张专辑期间，听得最多的就是小娟 & 山谷里的居民《C 大调的城》这张专辑。我常常想，我们要是能做出这个质感就好了。后来发现能力有限实在是办不到，就放弃了这个标杆。这张专辑是用现代诗改编谱曲，大量运用了尼龙吉他、民谣吉他、长笛、手鼓及各种小打击乐器、口琴等原声乐器，作曲都是小娟，也是小娟很特别的那种谱曲方式，有一搭没一搭的散板式旋律，比起旋律她似乎更注重韵律和氛围感。这一点和现代诗也很契合，没有必然的框架，更加自在随性。只要别抱着“学会了去 KTV 大展身手”的想法，这些闲散的歌可以循环听上一整天，可能听完也学不会，但再听都不会腻，比起“歌”，它更接近“音乐”。

也是从这张专辑，我开始了解小娟 & 山谷里的居民团队的架构，当时的班底除了小娟本人，还有擅长各种吉他的吉他演奏家黎强（黎强也是小娟的丈夫），有擅长萨克斯、长笛、口琴等等的多乐器演奏家刘晓光，还有打击乐演奏家荒井……难怪听起来很简单却质感这么好，都是需要技术的呀！

2013 年我们团队准备出第二张专辑，恰好那时有朋友认识小娟团队的负责人，于是我便鼓起勇气把一首歌曲小样发给了对方，看看有没有合作的可能。结果小娟团队表示很喜欢，并直接做好了编曲小样发回给我们。我当时整个感觉像做梦。

于是约好了时间一起到棚里录乐器以及录唱，这也是我第一次见到这个梦幻团队。几个很温和的人来到棚里，一个个乐器录下来，我们也见识到了专业团队的录音，除了演奏技巧高超精准，还很感性。譬如间奏后的主歌，强哥打算在铺底的吉他之外再加一点装饰音，但试了好几个都觉得不满意，就问小娟要弹什么音比较好，小娟想了想说，要一个晚霞抹过天空的感觉。晚霞抹过天空？我和小厚听了之后面面相觑，不知道这个要怎么弹。强哥想了想，很快就弹好了，跟之前试的内容确实不同，小娟于是说，这就对了。我和小厚当时都震惊了，这交流方式也太感性了吧！原来还可以这样沟通！

小娟虽然录出来的声音很松弛，但她录音的时候其实很严谨，一遍一遍重来，总觉得哪里还差一点，不够好。其实在我们听来都差不多，都特别好。她严谨的地方总在一些微妙之处，有时候甚至会故意留下一些有点“破绽”的、不那么标准化的、有点意外的唱句。当然我在从业很多年之后逐渐也了解了这件事的重要性：那一点点的意外和破绽，是让录音有“人味儿”的密码，但又不能太多，多了便是套路。所以这首《晚风》小娟录了很多很多遍，我觉得她是一直在等那一点点可遇不可求的小意外。

晚风

演唱：好妹妹 / 小娟 & 山谷里的居民　作词：秦昊　作曲：秦昊

温柔的晚风
轻轻吹过　爱人的梦中
温柔的晚风
轻轻吹过　故乡的天空
温柔的晚风
轻轻地吹过　城市的灯火
今夜的晚风
你要去哪里　请告诉我

温柔的晚风

请你带走　我昨天的梦

今夜的晚风

我要去哪里　请告诉我

我们当天中午订了蛋糕让录音棚的工作人员帮我们放冰箱里，想等录音结束大家一起庆祝。小娟录完音已经是夜晚，大家聚在一起，同事拿出蛋糕，小娟也特别开心，夸着蛋糕很好看，一刀切下去却发现居然切不动——原来录音棚的人把蛋糕错放在了冷冻室，冻成了坚硬的冰坨坨。大家惊讶片刻又笑开了，这也算是完美录音经历中一点点可遇不可求的小意外吧。

有什么比跟梦幻团队合作更梦幻的事呢？当然有，那就是和他们成为朋友。我们变得熟悉起来，小娟和强哥邀请我们去他们家喝茶，我们走进去立马察觉到，哇，这不就是《红布绿花朵》的封面吗！那个熟悉的书架，熟悉的茶几，熟悉的地毯，熟悉的风铃，还有窗外那熟悉的绿意，我们原来早就在小娟的歌声中来过无数遍了。

后来我们常常来小娟家喝茶，看她家的小猫，一起聊天弹琴唱歌吃宵夜。小娟后来在北京通州开了间“山谷居民”空间，我们又常去喝茶聊天吃饭弹琴，偶然还会一起上台搞点小演出。我们和山谷里的居民乐队也都有了更多的合作，晓光老师帮我们制作了《说时依旧》和《西窗》专辑，参与制作了《实名制》专辑，以及我们许多的单曲和专辑歌曲，还做我们演唱会的音乐总监；荒井做了我们 2015 年在工人体育场的演唱会音乐总监，后来也给我们制作了《追梦人》专辑和一些单曲；强哥为我们录制了《说时依旧》全专的吉他及很多单曲的吉他。我也给他们的专辑《生如夏花》和《Smile》画了插图，我们和小娟还在2019年再度合作出了单曲《看云》，在《我们民谣2022》节目里也一起合作了《笑红尘》……感谢缘分！

和小娟强哥待在一起，除了很轻松，还感觉特别甜蜜，按现在网络说法大概叫“嗑CP”吧，他俩的CP我真是“嗑”不够，他们的爱情故事大家感兴趣的话可以自己上网找找看。他们还会在歌曲里面秀恩爱，《和一个女孩子结婚吧》里面就有“你的名字叫娟，他的名字叫强”，《我的家》里面也有“我的家，是他圈起的一块小地方”，简直甜得令人咬牙切齿啊！

《C大调的城》里我最喜欢的一首歌是《我要去见他》，“高高的山坡，登上去了呀。宽宽的大海，游过去了呀，哎，宽宽的大海，我要去见他”。爱情这种缥缈的鬼东西真像大海，捉摸不定，远处无法跨越，近处难以捞针。神奇的是居然有两个人，在那么不确定的飘摇人海间，让我看到了确凿的爱情，让我相信了或许终会有个人，不管山高海阔，我都会去见。

归来的时候，是否还有青春的容颜

一直写下去会没完没了，喜欢的歌手和专辑太多，但很多“喜欢”都是情感层面上的，都关乎记忆。记忆实在是很私人的事情，想必如今大家都已经共识了“音乐是最廉价的时空机器”这件事了，当你听到某首歌时，也许会瞬间穿越到初恋的甜蜜年代，换个人听同一首歌却可能穿越到一个悲伤失意的场景。譬如有的人听到古惑仔系列电影的音乐，会觉得英姿飒爽意气风发，觉得青春回来了，我听到之后只觉得又有校园恶霸在学校门口等着要准备揍我了，我整个人瑟瑟发抖精神紧张。大家情感联结的点很不同。期待自己的口味能被共识，这多少有点自恋和危险，所以就点到为止，谨以此文表达我对这些音乐和音乐人的感谢吧，以及感谢与音乐相遇的缘分。

现在偶尔碰到一些年轻的朋友，会告诉我“从小就听你的歌”或“以前很喜欢你的歌”，其实我更多是觉得很有缘，居然这么巧，世界上那么多歌，他居然听到了我的。“开心”“感激”这一类情绪反倒没那么多，但绝不是因为傲慢，只是因为我能清楚感觉到，“我自己”和大家听到的那个“秦昊”其实不是同一个人，别人喜欢的那个秦昊可能只是当时的我所展示给人的一个侧影，没有什么维度，不能体现全貌，更不能代表当下。我没资格替那个侧影向听众做出回应。（当然如果是看到“很会写歌”或者“唱得不错”之类的赞许，我还是会窃喜，这属于对我能力和硬件上的认可，不会随着时代和风评所转移，比较值得开心。对，我就是这么肤浅。）

可能是学习能力有限，我对这个世界上发生的事情常常缺乏科学的认知，导致很爱把一切都归结于缘分。和身边的人相遇相知是缘分，告别离散也是缘分，被人听见和看见是缘分，被人忘记和回避也是缘分。缘，既是元，也是圆：既是最初的相遇，也是辗转的重逢。

用我自己写的歌词来结个尾吧：“你啊你，飞过了流转的时间，归来的时候，是否还有青春的容颜？”

青春有青春的好，沧桑当然也有沧桑的好。不过相比未来的未知与当下的迷茫，过去的回忆则显得比较安全与确凿，再加上朦胧的滤镜，就显得更令人迷恋了。人无法永远青春，好在回忆可以，听到那些熟悉的歌声，看到那些昔日的专辑封面，展开一页页歌词，转动某一盘卡带，我们就能轻易跨越流转的时间，短暂地恢复青春的容颜，去重温美好，弥补遗憾。

秦昊

2023 年 9 月 26 日

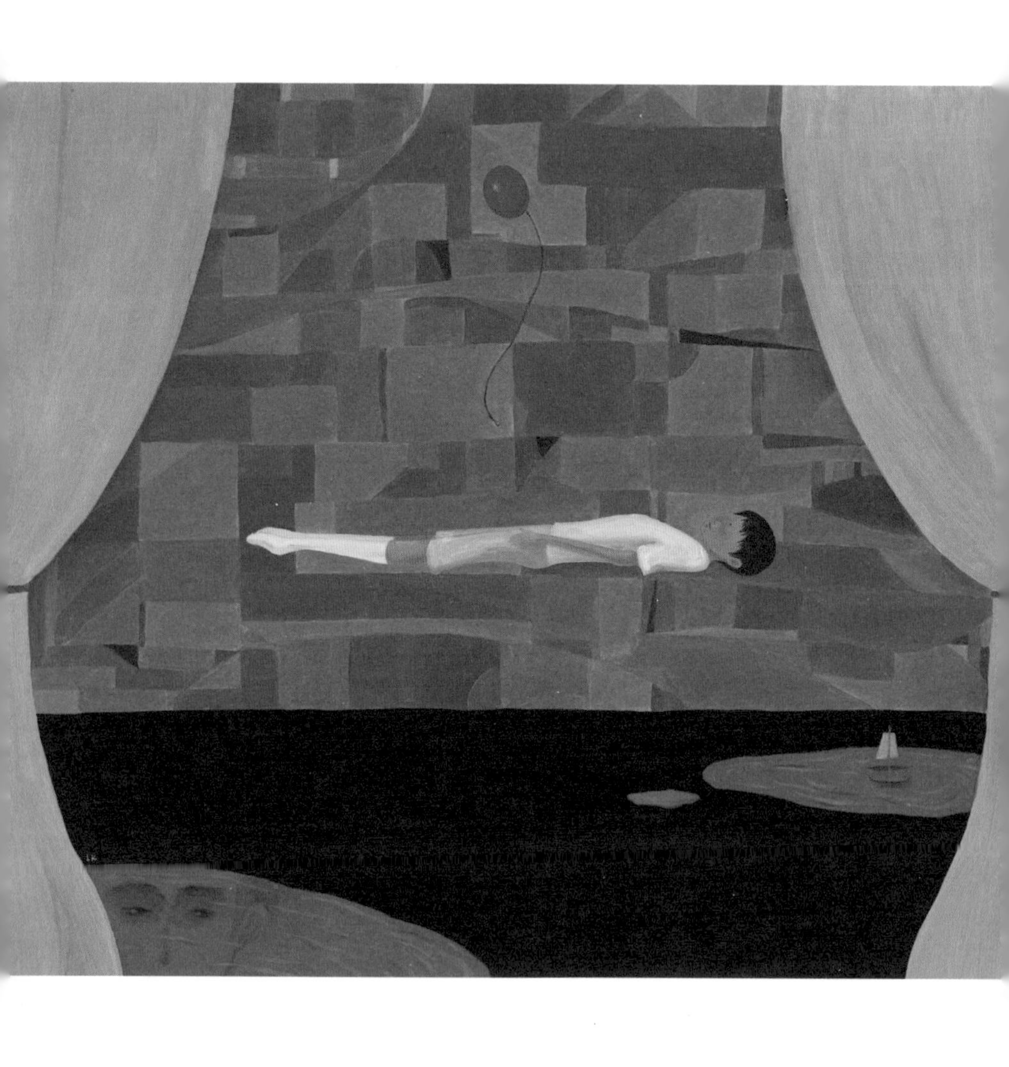

但愿那海风再起

“我记得这棵树，”

她转过头，

看了看眼前戴眼镜的男子和他手里刚画完的画，

开心地说，

“我也记得你。”

Trees remember

1. 艾米莉

今天新巴黎市最大的新闻就是天空居然破了一个洞，从中喷涌出巨大水流，俨然一个大瀑布，哗啦啦从巴黎铁塔上方的天空中倾泻而下。

这个情况可谓非常震撼了，在人类搬到地下城市生活一百多年里是没有发生过的。好端端的天空——也可以说是天幕显示屏——居然会破洞，这让艾米莉想起了那个遥远东方的上古传说：万物之母女娲看到天漏了个洞，担心她创造的人类会完蛋，就把石头炼了拿来补天。唉，咱们的政府要是也这么贴心就好了，那帮人只会给大家的电子眼和电子脑发消息，让大家自己去紧急避难所避难。

艾米莉没有安装那些玩意儿，她一直标榜自己是地面生活方式原教旨主义者，必须减少身体的电子化。但根本原因是她的钱都拿来安装机械腿了（机械化不等于电子化，艾米莉常跟同事这样解释）。虽然是在黑市随便买的低端腿，掉电很快，每天都得充电，但这个低端腿的费用，已经是艾米莉在新卢浮宫当保洁员的微薄工资能负担的极限了。

“早知道今天就不来上班了！”她看着一点点漫进展厅里的水，懊恼地想。其实今天是闭馆日，不来打扫也没有关系，明天早点来就行。但她想着来这里给腿充电可以给自己省些电费，喝免费的咖啡，还可以不受打扰地跟自己喜欢的画作共处，便还是来了，结果不小心在“舟”里睡着了。醒来一看手机才知道是咋回事。此时整个新卢浮宫空无一人，所有同事都跑了，没人发现这位在“舟”里睡着的保洁员。

艾米莉蹦跳到工位上拿起还在充电的腿，唉，停电好一阵子了，电都没充满。拿手机打电话叫救援队，打了很久才打通，结果对方是收费的，费用惊人且不能贷款，她实在付不起。挂了电话，装上腿，她走到窗边，抬头看了看那个巨大的瀑布。

照这样下去，这个城市被淹没应该也就需要半天的工夫吧。腿的电量也不够，跑去避难所肯定是来不及了。她踩着慢慢升高的水，向展厅走去。

路过了《睡莲》，真美，宁静而沉默，但不是她想要的。她已经够沉默了，一会儿还可能会永远沉默。

路过《蒙娜丽莎》，唉，虽然卢浮宫搬到新巴黎之后规模小了非常多，来访的游客也很少了，但每天还是有一堆人围在蒙娜丽莎跟前。朋友们，但凡你们用电子眼放大了仔细看，就会发现这幅画根本就是高仿嘛，原作在逃难的时候已经被摧毁了呀，所有人都以为总有人会救这幅画，结果所有人都没有管它，“那个皮笑肉不笑的可怜女人”就这样在那次大冲撞时碎成粉末，再也笑不出来了。但新卢浮宫负责人还是偷偷找人做了一件高仿，唉，毕竟是流量密码，没这个女人，收入会少一半。

艾米莉经过一幅又一幅的名作，这些大冲撞之后留下来的画，都是非常珍贵的地上文化遗产，但大部分画对艾米莉来说都太有条理、太沉默了，“就像这个无聊的地下城市”。但，她也并不喜欢凡·高的疯狂，不喜欢毕加索的善变，不喜欢塞尚的笨拙，不喜欢蒙克的压抑，不喜欢克利姆特的繁复，当然更不喜欢达利的那股子精明劲。至于地上末期日本三剑客，更是可爱到乏味，她从那些画前路过都不会多看一眼。

只有马蒂斯，才能点燃艾米莉心中的火焰。天真原始的笔触，可爱而快乐的画面，大块大块令人愉悦的色彩，如此简单，如此轻松，完全符合艾米莉对地上生活的想象。想要那样赤身裸体手拉手围着跳舞，想要晒那样的太阳，想要在地毯上弹吉他唱歌，想要在有藤蔓花纹的桌上下个棋或者喝个下午茶。啊，这才是生活啊，哪像现在，每个人都像机器怪物，连太阳都是假的。

一直以来都有个很有趣的假设：如果世界末日只能救一张画，你会救哪张？上一次末日，艾米莉无缘参与，这一次不知道算不算末日，但艾米莉倒是希望这就是末日。自从新的劳动法和税收政策出来之后，她的生活更艰难了，上个月查出肾也有问题，过阵子也得换成机械的，又是一大笔费用。她已经准备发简历找兼职了，但以她的学历和DNA级别，也只能找到薪水很低的工作。唉，这日子没完没了，她只有在新卢浮宫闭馆日的时候，独自坐在马蒂斯的这幅小画面前，才能喘口气，享受那想象中的阳光。

这幅画不是马蒂斯有名的作品，只是一张小小的画，在野兽派展厅里最不显眼的角落，《阳光照耀下的裸体》，一个裸女站在明媚的树林里晒太阳。这幅画太潦草了，大概只是马蒂斯的草稿，或者随手涂涂打发时间的那种。但整个新卢浮宫里，艾米莉最爱的就是这张了。她小心翼翼地把它摘了下来，蹚着已经没过膝盖的水，慢慢走向了“舟”的展厅。

“舟”在展厅正中间的大台子上，一个20世纪初的独木舟，是地下世界里现存最大的木制品。其实它不算太古老，也不算太大，刚刚够艾米莉躺进去，但就没有可以活动的地方了。她很喜欢这个独木舟，常常在闭馆日给腿充电时，自己偷偷爬进去睡午觉。同事偶尔看到也睁只眼闭只眼，反正大家只是来混口饭吃，没有人真的在意这些老东西，“人类文明”早已跟人类的过去无关了，每个人只能凑合着活在当下，活在越来越付不起的账单里，以及活在政府宣传片上的未来外星生活里。

地下世界很难找到木头，“舟”这么大的木头实在罕见，据说新卢浮宫刚建好的时候，老一辈们还是很喜欢这个展品，有着不输给《蒙娜丽莎》的人流量，时不时还有老人冲上去摸着那木头流泪。那船头黑亮黑亮的，大概就是被这些人给摸的吧。不过到了后来，在地下世界出生的人们对木头并没有什么感觉，因为也没见过真的树，生活中也不需要这种东西，所以“舟”慢慢就成了冷门展品了。

艾米莉每次侧躺在里面，都会觉得自己被某种原始的力量包围着，像一头小小的野兽，依偎在一棵大树旁，闻着太阳的味道，那是树木在生长，是皮肤在焦灼，是树的年轮一年年在膨胀。她卑微的生命也因此有了一丝宽慰：自己在这世界上唯一的木船里，且只有自己才知道这船底某个角落还有一行小小的字，Trees remember（树记得）。树记得，记得什么呢？大概是记得以前人们的生活，记得自己是怎样一年年长大，记得自己被人做成了舟漂在水面，记得自己经历了大冲撞，记得一个三十八岁、身体残缺、心灵疲惫的女保洁员是如何依赖着自己。

艾米莉在去摘画的路上就已经计划好了，拿了《阳光照耀下的裸体》就到“舟”上，带上扫把当船桨，把茶水间的零食和水也都拿走，应该可以应付几天。总能找到避难所吧，或者明天水就退了也未可知。

接下来的两天，水一直在涨，没有要退的迹象。天幕显示器的故障也越来越严重，天空出现大片绿色、蓝色、黄色、紫色和黑白色块，简直像是蒙德里安和康定斯基一起动手给天空上了色，倒是有几分美感。到了第三天，天空完全黑了，只有一些人造云朵还在亮着，四周再没见到人，艾米莉住的贫民区早就淹没，商业区和政府大楼倒是还剩一些尖尖。不知道人们在避难所里过得怎样。电子腿和手机都早已没电，她躺着，看着黢黑的天空上幽灵般的几朵白云，有几朵长得真是一模一样啊。她想起很喜欢的老电影《楚门的世界》，水再这样涨下去，自己会不会也能到达这个世界的边缘或者顶端，天空出现一个门，呼唤她去到真实的世界？

不知道第几天，艾米莉看到黑暗中有光从天而降，费力划过去，原来就是那个破洞，水已经停止涌入，瀑布不复存在，明亮的光从洞口射下来，她划到了光下，那温暖的感觉，跟模拟太阳完全不同，应该就是真实的阳光吧。没想到有生之年还能晒到真太阳，她笑了起来，脱掉了身上已经酸臭的衣服，像身边马蒂斯的画一样全身赤裸，躺在舟里，躺在阳光的怀抱中。

不可思议的是，舟上的那行字突然亮了，发出耀眼的金光——Trees remember，艾米莉还来不及迷惑，就被全身撕裂的感觉痛到昏迷了。

2. 马蒂斯

马蒂斯最近心情本来就不太好，被批评家取名叫“野兽派”也太莫名其妙了吧，那些个看客也是人云亦云，大家都跟着骂。庸俗！你们眼光太差！中午回家探望父亲就更憋气了，父亲全程没给好脸色看，这么多年了还在因为不继承家业跑去画画的事闹别扭，吃完午餐他就匆匆告辞。

但马蒂斯很会调节自己的心情，生气了可以画画，开心了也要画画，任何情绪涌动，都可以拿画笔来记录。情绪嘛，早晚要消散，能记录下来就是福气咯。他拿着一些简单便携的画具，坐马车去了近郊的小树林。

他爱极了这片小树林，生机勃勃又无人打扰。刚支开了东西准备开画，他看到远处一个赤身裸体的少女，在阳光中站立着，望着一棵树。他虽然很困惑，但直觉让他没有去打扰那个少女，而是立刻画下了这个场景。

很快地画完之后，他小心翼翼地走了过去，他被这个少女所吸引，她仿佛吸收够了太阳的能量，像黄金被融化了，炙热地站立着，抚摸着眼前的树。

“女士，你……还好吗？”

“我记得这棵树，”她转过头，看了看眼前戴眼镜的男子和他手里刚画完的画，开心地说，“我也记得你。”

秦昊

2023 年 2 月 11 日 于北京

冬梦

她说：“真不知道你为啥要上去。你知道吗？其实去‘上面’没有什么意义，听说‘上面’已经完全被雪覆盖了，永远是冬天，在外面待一小会儿就冷得掉耳朵。而且除了那趟地表专列和少得可怜的站点，也没有其他交通工具，你到底要去做啥呢？”

他说：“也不一定要找啥吧，既然有这个机会就还是想回去看看。”

她说：“回？”

他说：“对啊，我在成年之前都在地表生活的，所以还是有些怀念吧。”

她说：“哦哦，看不出来啊，你看着挺年轻的啊。”

他说：“你这个年纪应该是在下面出生的吧，为啥还要申请地表旅行啊？你也知道上面并不舒服。”

她说：“我这两年总做一个梦，白茫茫的，像是上面的景色，我也觉得奇怪，为什么会梦到一个自己从来没有去过的地方呢？医生检查说我的电子脑有点故障，可能因为我去黑市配过零件吧……清理了几次都没有完全清理掉，偶尔还是会梦到白茫茫的路口，刮着大风，还有些其他的东西，好像挺重要的东西，但很模糊。这种感觉很折磨我，无论如何都想去求证一下，至少也碰碰运气吧。”

他说：“那你运气真好，居然这么年轻就能申请到地表旅行的机会。我可是连续申请了二十年才成功的。”

电梯员说：“好了，两位幸运的朋友，把压力罩扣上，我们准备上升了。”

他们都不再说话，她用电子眼开始看缓存好的电影。他没有那些义体设备，只好不时看看他那块古董电子表，啊，十二岁生日的时候妈妈送他的电子表，据说里面的纽扣电池可以维持三十年。那应该很快就不能用了，也买不到纽扣电池了。

电梯打开的时候，已然在车站里了，他们根据指示办了一大堆手续，才上了地表专列。火车启动了，车上没什么人，但他俩坐在了同一排。窗外跟传说的差不多，就真是白茫茫的，几乎看不到楼房，更别说人了。天空也是灰灰的，还不如下面的模拟天空好看呢。她试图打开窗户摸摸外面的空气，被列车员从喇叭里阻止了：这位旅客，为了您和他人的安全，请勿开窗。

她察觉到他的兴奋：张着嘴往窗外望来望去，一会儿站，一会儿坐，一会儿搓手，一会儿叹气。

她说：“你还好吧？至于这么兴奋吗？”

他说：“你不兴奋吗？你看外面，多美。”

她说：“我看了，很无聊，看三分钟就够了，到处都差不多。可能只有解开我的谜题才能让我兴奋吧。”

他说：“我比较享受过程、享受期待，现在甚至还有点不想太早到站呢。车上好像有喝的，你喝啥？我请你。”

她说：“那我想喝酒。”她用电子眼看了看菜单，啊，其实没的选，酒的话就只有一种，叫“DONG”。冬？东？冻？

他说：“那我们来两杯这个DONG吧，现在我们就正在往东方走，那是我的家乡，东部的一个小镇，鱼米之乡，四季如春。”

机器服务生送来了两杯乳白色的酒，有点像米酒，里面的白色悬浮物也很像窗外正下着的雪，喝起来度数不高，还有点花香，但却非常醉人，喝完之后她又睡着了。

这次她的梦里，白茫茫之中长出了一朵蔷薇。

到站之后他们在雪地里走了很久，其实可能就十公里吧，虽然已经准备了专业的鞋和衣服，但走在雪地里还是很吃力，也很寒冷。

她说：“这也太累太冷了！我再也不要来‘上面’了！”

他说：“我就说不用你陪我走回去吧。”

她说：“哪儿舍得让你一个中老年人自己冒险，万一死在外面，怕是连遗体都不好找咯。”

他说：“哈哈，死在雪里也很浪漫啊，白茫茫大地多干净。啊，快到了，就在前面。”

她说：“这你都看得出来？”

他说：“能感觉得到，我小时候这里是一个路口，早上有早市，卖菜卖早点，晚上有宵夜和地摊，我经常在那边买包子和豆浆，放学还会在这边吃个面，那边还有卖唱片的，实体的那种，尽头那边还有个卖鸟的，你见过鸟吗？我家以前养过一只。”

她说：“电影里见过啊，我小时候也买过电子鸟，可以连蓝牙播放音乐的那种。”

他说：“其实鸟不需要播放音乐，鸟本身就是音乐，飞翔也是音乐，天空也是音乐……来吧，上楼。”

她用改装过的腿轻松踹开了单元门，他们一起爬上了六楼，他掏出了钥匙，试着开了几次，终于成功。

地上是厚厚的灰尘，还有匆忙撤离留下的生活痕迹，桌上的水杯水壶，倒了的椅子，沙发上歪七扭八的靠垫……他呆在原地不知道应该如何落脚。

她在屋里四处看了看说：“哇，这就是地表时代的生活啊，果然跟电影里的一样啊。电视机，收音机，哇，皮沙发，木桌子，都是好东西啊。”她四处翻看，冰箱里的食物已经腐烂又干枯，仿佛一碰就会粉碎。

他走到了曾属于他的房间，轻轻推开了门，他们走了进去。她说：“我的天，这么多书，纸质书啊，拿到下面要发大财！哎，这是个笼子吗？里面这是个啥？”

他说：“这就是我家那只鸟，我父亲买来给我的，撤离的时候太匆忙，忘记把它放生了，这么多年一直惦记着这件事，其实这次来就是为了把它放生。”

她说：“但已经是一堆骨头了。”

他说：“唉，是啊，我尽力了，我来晚了。”

说罢他拿起笼子走到阳台，打开窗户，也打开了鸟笼。

鸟的骨头在笼子里也感受到了风，轻轻震动。

她说："我可以拿一些东西走吗？你这里有不少好东西。"

他说："你随便拿吧，谢谢你陪我一趟，不然我真的会很伤感。"

她展开一个折叠包，把唱片，随身听，一些书、奖杯、照片、玩具……都统统往里放。

突然有阳光照了进来，雪停了，他们不约而同在阳台欣赏起了太阳，对他是久违的阳光，对她是从未感受过的阳光。阳光暖暖地晒在他们苍白的脸上，她深呼吸了一口，心想，原来是这样的感觉啊，真不错。她看到他脸颊上的绒毛也沐浴在光里，泛着金黄的光。

他身后也有个东西在微微发光。

她惊讶地问："那是什么？"

他也很惊讶，因为那是一丛蔷薇花，他家以前在阳台种过，但应该早就枯死了啊，刚才在阳台的时候也还没有，怎么突然就出现了？

她突然开心大笑起来，说："原来如此啊，原来是这个折返点在召唤我过来！"

他说："什么折返点？"

她说："太巧了今天，这样吧，我也送你一个小礼物，啊不，应该算是大礼物了。你先站到那丛花那儿去，快点，过会儿就没有这个福利了。"

他站到了蔷薇花中，那是实实在在的感觉，花瓣娇嫩，叶子窸窣，小刺在轻轻触摸他的手。

她说："把手伸出来，戴表的那一只，我早就发现你这手表了，刚好派上用场，我前阵子闲着无聊在黑市上加载了折返程序，哈哈，其实是贩子顺带送我的程序，想不到有生之年真的碰到了折返点。”

她从身上不知道什么地方扯出一根数据线，捏了一会儿，把缆芯插在了手表的电池盖里。她说：“这样就完美了，得到一些来自那个年代的电流脉冲，折返时间会比较精准了，加上这个……还有那个……搞定，我要开始加载程序咯。”

他刚想说点什么，突然觉得浑身过电，失去了知觉。

一个声音叫醒了他：“起来了宝贝，快洗脸刷牙去上学了，今天怎么赖床了啊。”

是妈妈，他的妈妈，他睁开眼睛看到妈妈熟悉的脸，怔怔地坐起身来。这几十年在地下的生活，竟然只是一场梦吗？

他拎起鸟笼走到阳台，蔷薇还在密密地开着，他打开窗户，空气真好啊，阳光明媚，冬天已经快要结束了，远山的积雪都在融化。

他打开鸟笼，小鸟飞了出去，在天空唱着歌。新的一天开始了。

很多年后，他在北方的城市碰到了她，人群之中，她神秘地微笑着，仿佛早已知道一切将如何来到，但这已经是另一个故事了。

秦昊

2022 年 11 月 13 日

黄葛树下

小李

“小小年纪就学会赌博！长大了岂不是要犯罪进监狱？”李老头说着，狠狠一竹鞭打在小李的小腿肚上。小李瘦弱白皙的小腿肚上立刻出现一条粉红的凸痕。

“我不敢了！再也不敢了！”小李尖叫哭喊着，引来了邻居。邻居刚想张嘴说话，李老头“砰”的一脚就把门给踢关上了。

竹鞭接连不断打在了小李的脸上、手背上、胳膊上、腿上，骂声和惨叫声回荡在整个单元楼里。

小李有时候也很佩服李老头，在那么愤怒的时候还能保持一种精确性：专门可以打到一些极其疼痛的地方。但打多了小李也就习惯了，反正做错任何事情都要挨打：作业没做对、写错字、说错话、挑食、吃饭姿势不规范、走路驼背、在外打了人、在外挨了打、考试没考进全班前三名等等。小李上小学五年级了，算起来也挨了将近五年的打，每年打断几根竹鞭，五年消耗了快一根竹子了。李老头是小李的爷爷，有点年纪了所以体力也没有那么好，打久了也会累，一般打到后半程,李老头的老婆,也就是小李的奶奶李奶奶就会出来劝，其实也就是给个台阶，不然李老头不知道怎么收尾。

小李还在想，今天这顿打也差不多了吧，太痛了，李奶奶应该可以出来劝了。但没想到居然还有新的项目，李老头突然把菜刀拿了出来，他今天真的太愤怒了：家里不可以再有第二个赌徒了，儿子大李已经是无药可救了，孙子绝对不可以。李老头一把将小李的小手按在菜板上。小李的手太瘦了，在案板上像个冷冻鸡爪，毫无血色，连发抖的力气都没了。

由于这个场面来得太突然，小李完全没预料到，只是用难以置信的眼神看着李老头。李老头自己也蒙了，怎么会到这个地步？他俩于是都静止了。李老头心里在想：那个老太婆今儿跑哪儿去了？……哦，她去农贸市场买鸡了，几点去的来着……哦，吃完午饭才去的。最近放暑假不用上课，吃完午饭之后小李就跑下楼玩了，小李他爸大李突然打电话说晚上有朋友一起来家里做客，李奶奶才临时跑去菜市场的，然后李老头又想到大李的狐朋狗友要来家里，心里有点闷，才出去在院子里散散步，结果看到小李在树底下和几个小孩儿一起打扑克牌，一下子火上浇油怒发冲冠，把小李拎回家一顿打，然后搞成现在这样……但老太婆差不多该回来了吧？

“你爸就是因为赌博，才没考上大学，才混成现在这样，你是不是也想和他一样没出息？”

“我会学好的，我不打牌了……”小李怯怯地说。

“光说没用，我要给你一点教训，你就说你要砍哪个指头吧。”

还真打算砍啊？小李挣扎着尖叫起来：“不要啊！我错了我错了！饶了我吧！”

“你手别动，我怕这一刀下去砍多了……想好砍哪一个了吗？”

“啊！”小李这会儿只剩下尖叫了。

“那就砍个不碍事儿的吧，这次先砍小指头，以后如果再赌，赌一次砍一根。”

“啊……救命！”小李真的怕了，开始大声呼救，期待邻居可以听到过来救救自己。但小李挨打的次数太多了，邻居见怪不怪了。

“你把眼睛闭上，我数十个数就砍下去，砍完带你去医院，你忍一下。”李老头说完把刀举了起来，刀刃亮晃晃的光已经砍到小李的眼睛里和心里了，小李不敢再大声喊，生怕动作太大连累别的手指也被砍掉。

“十……”

小李闭上了眼睛，想起爸爸大李前几年有次喝醉了酒跟李老头吵架，被李老头轰出家门，大李还没走几步，李老头抓起小板凳就扔了出去，那小板凳还是大李出生那年李老头找木工做的，很敦实很光滑，用了很多年盘出浆了的那种。小板凳飞出来砸到了大李脑袋旁边的蜂窝煤堆上，蜂窝煤黑漆漆的碎渣哗啦哗啦往下掉，大李红着脸瞪大眼睛呆了几秒，大步下了楼，之后除了逢年过节就基本不会再来李老头家。今天倒是不知道发什么神经要回来吃饭。“啊，都怪他，都怪他打牌！都怪他喝酒！都怪他今天要回来才连累到我的，本来李老头不应该那么生气的！再生气也不至于要砍我手啊！都怪他！”

“九，八，七，六……”

盛夏燥热的空气安静了下来，小李听到院子里黄葛树上知了的声音，楼下小朋友们打闹追逐的声音，不知道谁家电话座机响了的声音，山下小溪涨水的声音，鸡叫的声音，钥匙插进锁孔转动的声音。小李又开始尖叫了，用尽所有的力气：“啊啊啊！！！”

李奶奶开了门，一手拎着鸡，一手还在门把手上，三个人面面相觑片刻，李奶奶把鸡一扔，冲上去抓住李老头拿刀的手：“你要做什么？你是疯了吗?！……要砍就先砍我！”说着眼眶红了，大哭起来。李老头也涨红脸眼眶发热，缓缓松开刀交给了李奶奶。小李见状一溜烟冲下了楼。

小李不敢回家，也不敢去平时玩的地方，怕被别的小朋友看到自己身上全是挨打的印子，很丢人。但被大人看到就无所谓，大人也许会说，哎呀李老头下手也太狠了，小李这么乖，他怎么下得去手哟。然后自己就可以跟人控诉李老头种种虐待儿童的恶行。于是小李走到了李老头平时上班的单位，其实就和家里隔了几栋楼几棵树，站在单位楼上还可以看到自家窗户呢。小李在一楼找了个地方蹲着，哭了一会儿，发现没人，突然想起今天竟然是周末，没人上班。于是自己也觉得无聊，懒得哭了，从一楼溜达到二楼，三楼，四楼，上了楼顶天台。

小李站在天台边儿上，往下看了看，好高好吓人。“哼，要是我跳下去死了，那个老头肯定会难过，会后悔，会在大院中央的黄葛树底下号啕大哭深刻检讨自己，肯定会说‘李冰啊，你活过来吧，我再也不打你了，你想要什么都给你买，你是我的乖孙子’。然后自己就可以睁开眼睛说：‘这可是你说的，要说话算话！’”小李想到这儿笑了笑，再次探头看了看下面，感觉到头晕。跳楼到底是什么感觉啊？

小李回忆起去年院子里有个疯子跳楼，不知道是自己跳的还是不小心跌落，反正是从七楼掉了下来。好多邻居都围过来看，嘀嘀咕咕地议论，楼上的邻居就趴在阳台上看，嘀嘀咕咕地讨论，有的小朋友爬到树上看，叽叽喳喳地讨论。自己没能挤进去，也不会爬树，也没人能讨论，只能蹲在地上从缝隙里瞟了几眼：一坨黑乎乎的人摊在地上，似乎在动，也似乎没动，身下那些黏稠的液体，像化了的冰淇淋，有红色但不多，更多是像鼻涕和浓痰一样的感觉，黑的、绿的、黄的。后来过了很久，下了很多次中雨、大雨、暴雨，但那个地方永远感觉是黏糊糊的，颜色比正常的地面要深一些，黑黑、绿绿、黄黄的。

小李皱了皱眉头，很难想象自己瘦弱的身体里也可以流出那么多黏糊糊的东西，那太恶心了。一阵闷热的风吹来，吹在小李身上的伤口上，紧紧的、痒痒的。他往后退了两步，看着远处，太阳低低闷闷地待在云背后，院子里玩耍的小朋友都回家了，四处有数不清的窗户，有的窗口能看到电视机在放动画片，有的窗口能看到有人露着肚子在扇扇子，有的窗口有人在浇花，有的窗口有人在吃西瓜对着外面吐籽，有的窗口有小朋友把脸贴在纱窗上，有的窗口有老太太在对着窗外大喊：“李冰！回来吃饭！”哦，那是李奶奶喊小李回家吃饭，太好了，大李今天也会在，好久没见了。小李赶紧下楼小跑着回家吃饭了。

饭桌上除了大李和他几个哥们儿，还有大李的新女朋友，她还送了小李能上电池的新款机器人。气氛很好，满满一桌子菜，好像过年，大家都在喝酒划拳，大李还让小李尝了冰啤酒，还蘸了一点白酒给小李喝。小李后来突然喝醉，很多事情都忘记了，忘了大李是怎么走的，忘了那个阿姨的样子和名字，甚至还忘了自己那天到底是左手差点被砍还是右手。但小李隐约记得饭桌上李老头笑得挺开心的，李奶奶也一直在笑，大李还往自己口袋里塞了一百块钱（醒来后不知去向），桌上的红烧鸡四肢齐备，又有脑袋，又有翅膀，还有爪子，自己醉倒前说的最后一句话是：“这个鸡爪少个趾头！”

小双

小双一直不太喜欢别人管她叫小双。

首先就不喜欢这个“小”字。怎么就小了呢，自己比大双小不了多少，连一小时都不到，怎么就成了妹妹？说不定在妈妈肚子里的时候还是自己比较大呢！自己比较谦让，才让另一个人先蹦出来占了便宜成了姐姐。

其次也不喜欢这个“双”字，自己有名有姓的，却一直被所有人叫小双，仿佛自己并不是一个完整的个体，非要跟另一个人捆绑在一起才能显出存在感。大家还总爱拿她俩做比较，今天中午小双跟妈妈发火也是因为这个。

小双今天一大早就迷迷糊糊听到妈妈在客厅打电话，再扭头一看日历，意识到今天正是查期末考试成绩的日子。于是惊醒，从上铺悄悄溜下了床，蹑手蹑脚生怕吵醒大双，走到门口，耳朵贴着门，清楚地听到双妈正在讲电话：“哎哎，老师您说，我记着呢……好，语文95，数学99，思想品德96，哎呀，还是因为老师管得好教得好！哈哈哈哈……小双呢？哦哦哦您说……语文70，数学68，思想品德……56？啊，怎么考得这么差呀！哎……哎……知道了老师，谢谢您，我会督促小双做暑假作业的，哎……”

听到双妈跟班主任长吁短叹，小双赶紧悄悄爬回上铺，眼睛一闭，假装自己还在睡。

门开了，嘎吱一声，小双听到双妈的鼻息，像一种来自宇宙的遥远而轻微的啸叫，暗潮汹涌，由远及近，停留片刻又悄然远离。双妈关上了门。

小双心想，这暑假开始还没几天呢，唉，接下来的日子可咋过啊，搞不好还要被双妈拉去上辅导班。要怪自己学习不努力吗？但不努力的小孩儿多了，只是因为身边有个大双，显得自己格外不努力，所以要怪就怪大双，她不该那么用功。

小双翻身到床栏边，往下看着大双，大双睡得正香呢。哼，你还好意思睡！害我又要挨骂了，都怪你平时那么爱学习，装模作样，讨好大人！

小双轻轻“呸”了一下，三两颗唾沫星子飞到大双脸上，大双毫无反应。看吧，学习太多，人都木讷了，长大肯定要被人欺负的！小双开始畅想大双未来的悲惨生活，渐渐又睡着了。

小双梦到和大双一起走在妈妈工作的医院里，太阳已经落山，四周很蓝，妈妈还没下班，她们就在四下无人的医院里逛来逛去。突然蹿出来一个硕大的黑影，小双认得这个黑影，它叫胡子，传说中住在医院里的鬼，专门吃生了病的小孩儿。大双吓得躲到小双背后，小双一手护着大双一手指着胡子，刚想喊出它的名字，就被大双摇醒了："起来吃中午饭，赶紧！就等你了。"

一桌四个人，爸爸平时不爱说话，今天依旧，抓紧吃完饭午睡再去上班。双妈背后是窗户，小双在她对面坐着，看妈妈感觉有圣光袭面，睁不开眼，说不出话，只好一声不吭地扒着饭。倒是大双今天精神抖擞，话特别多，问这问那。突然大双就问道："哎？今天几号啊？"

小双在桌子下面踩了大双一脚，大双抬眼看了看小双，又看了看双妈，双妈答："13号。"

大双重复道："哦，13号啊……"然后饭桌就陷入了沉默。

双妈清了清嗓子，笑着说："期末成绩出来了，咱家大双啊，考了全班第二，真是我的乖女儿。"说完，摸了摸大双的头。

大双撒娇："妈，你答应给我买的东西呢？"

小双心中茫然：啥？妈妈啥时候答应的她？给她买啥东西了？我咋不知道？

双妈用下巴指了指门口："已经放在走廊了，你去看看。"

大双撂下筷子就冲去开门，小双也跟着跑了过去，门打开，两人都惊叫起来："哇！"

崭新的永久牌女式自行车，一辆。且不是那种矮小的儿童车，而是真正的成年人的自行车，车身是有亮粉的玫红色，就算置于黑暗的走廊，也闪耀如玫瑰宇宙中缥缈的银河，神秘深邃，透露着女人的气息。

小双走回饭桌，短短那么几步，仿佛走了一公里，整个人都阴沉下来了，坐下来看着双妈，问："我的呢？"

双妈白了她一眼："什么你的？你知道你才考了几分吗？我都不好意思跟人说，刚在商场里遇到小李的奶奶问你俩的成绩，我都只能说你生病了，没考好。你也挺厉害，也是第二……倒数第二！我怎么生出你这么个东西！都是一个肚子里出来的，都是吃一锅饭长大的，你怎么跟大双差这么多啊？你是想气死我吗？"

小双自知理亏，但还是觉得气不过："可是你连问都没问我想要什么礼物，你只问她，你……太不公平了！"

大双和爸爸这时还在继续吃饭，也不抬头，两人的咀嚼连绵而漫长，谁都不敢停，仿佛只要一放下筷子，四周的墙就会崩塌，家里就会变成一片废墟。

但双妈更生气了，把饭碗往桌上咣当一扔："我还需要问你吗？你能考几分我不知道！你心里没点数吗？还好意思要礼物？还要公平？屁大点小孩儿哪儿学的什么公平，你配吗？你看看大双多争气，在外面多给我长脸！院子里、学校里谁不喜欢大双？你看看你自己，简直不像个女孩儿，吊儿郎当整天就知道瞎晃悠，还跟人打架，害我成天给人赔礼道歉。你怎么不跟大双学学，没事儿看看书！……"

双妈话还没说完，小双先崩溃了，站起来一脚踢翻椅子，又给了桌腿一脚，汤汤水水洒了一桌子，大家都愣住看着小双。

小双能感觉到，这三双眼睛六道目光像冰冷的蓝色激光，射穿了自己全身，自己的身躯逐渐扭曲、变形，格格不入。小双冲到门口，扭头对着屋里吼："我是我，她是她！你既然这么喜欢她，那你以后就只认她当女儿吧！我不是你女儿！"然后用力关上房门，扬长而去，顺便踹了走廊里的新自行车一脚。

不许哭不许哭不许哭，小双冲下楼的时候不断告诉自己不许哭，掉眼泪就输了，我是这个院子里的王，王怎么能被人看到自己在哭呢？

7月的天气热得充满挑衅意味，闷在云里的太阳比裸着的太阳更令人炫目，照得四周明晃晃的。小双的坏心情在院子里被晒到无处遁逃。她太气了：老师拿她比大双，那无所谓，老师常换常新；同学拿她比大双，也无所谓，可以赏同学一耳光；院子里的小孩儿拿她比大双，更无所谓，可以打到他们流鼻血……可是妈妈没法这么比，我可没法换个妈。关键是她还给大双买新自行车！我也想要自行车，骑着车在院子里横冲直撞，吓唬别的小孩儿，那多有意思。为什么总拿我的缺点来比她的优点？如果比打架，我可是这里的王。

想到打架，小双环顾四周。这么热的天气，院子里的小孩儿都躲在家里玩，只有小李蹲在院子中央的黄葛树底下玩毛毛虫。这小李孤僻，不爱跟人玩，小双打过他几次，小李只是哭，也不还手。小双走过去轻轻一脚就把小李踹翻在地上。

"问你一个事儿，你要好好回答，回答得不好我就打你耳光。"

"啊？……什么啊？"小李起身拍了拍屁股上的灰，又蹲了下去，一边继续用树枝把毛毛虫戳烂，一边用余光提防着小双。

“我和大双谁更好？”小双叉着腰，歪着头问道。

“你更好，你更好。”

“为什么？”

小李扭过头，用目光扫了一遍小双，似笑非笑地说：“因为你长胡子。”边说边像狗一样撒腿就跑。

小双愣了两秒，摸了把自己的下巴，脸一下就红了，追上去要揍小李。小李个子小小的但跑得飞快，而且他开口之前就计划好了路线，直接冲进了院子里的公共男厕。

小双在厕所门口大喊：“滚出来！”

“小双长胡子！”小李料定小双不敢进男厕所，于是在里面放开了喊起来。

小双爱打架，在院子里是出了名的。很多小孩儿平时都会讨好她，给她买零食，免得遭受皮肉之苦。别的零食她不感兴趣，独独喜欢AD钙奶，因为广告里的病恹恹的小孩儿喝了AD钙奶，立马变得牛高马大无人能敌，小双也想要得到这个效果。小双常站在小卖部窗户下面，命令路过的每一个小孩儿请她喝AD钙奶。谁知道这AD钙奶喝多了，个子没长高，嘴唇上方生出一片乌青，那是一层细细的绒毛，配合上她齐耳的短发和晒得黝黑的皮肤，乍一看简直就是个男孩儿的脸。

每个笑话过小双长胡子的小孩儿都被小双狠狠揍过，渐渐地没人敢议论此事，没想到小李今天这么不怕死。小双这时气得发抖，真希望自己就是个男的，昂着头走进男厕把小李塞进粪坑。无奈天不从人愿，小双站了半天，发现无可奈何，继续耗时间也没啥用，只好撂下一句“李冰你再让我碰到，你就死定了！”便悻悻地走了。

小双远远看到大双在院子里满面春风骑着自行车，转身出了院子，走去了妈妈工作的医院。小双很喜欢来医院溜达，那种冷冷的温度和味道，仿佛可以中和她的焦躁，可以治好她不合时宜的发育。在这里一切都是静止的。

妈妈这会儿已经在上班了吧？三楼儿科左手第五间，小双在门缝里看到妈妈正在给一个瘦弱的男孩儿打针，妈妈笑着哄那个男孩儿：不疼的，一下就好了，你是最勇敢的男孩儿，不能怕打针哟！

好奇怪，这个妈妈跟中午的妈妈似乎不是同一个人，怎么这么温柔，这么甜美？她喜欢勇敢的孩子？那她怎么不喜欢我？我还不够勇敢吗？

小双终于去到了五楼那个传说中的地方，那是露天走廊阴暗角落的小隔间，半人高的方形破旧小木门，虚扣着一把锁，据说那个叫“胡子”的黑色怪物就住在里面，它会瞬间吞噬害怕它的人，只有最勇敢的小孩儿才能打开门去收服它，至今还没有一个孩子敢去打开那扇门。

天暗下来，蓝蓝地笼罩着小双。小双颤抖着摘下了锁，慢慢打开了那扇门。黑影在里面看着小双，温柔，冰凉，沉默。小双挤进去关上门，坐在地上抱着自己，无声地哭了起来。

哆啦 A 孟

六十七号院传说中的漫画大王“哆啦 A 孟”——孟迪，

可能是院子里最受欢迎的小学生吧，至少他自己是这么觉得的。

他常感慨：“谁敢对我不好呢？哼，我有整套《哆啦A梦》！”他家的漫画书太多了，不仅有《哆啦A梦》，还有《圣斗士星矢》《龙珠》《幽游白书》《灌篮高手》……甚至还有《美少女战士》，孟爸每个月都会从广州邮寄一些最新的漫画给孟迪。所以平时只要孟迪带着一本漫画往黄葛树下的花坛边一坐下，开始翻起来，不一会儿就陆陆续续有小孩儿跑下楼凑到花坛边，跟孟迪打招呼，凑过来看他手里的漫画。少则三五个，多则十几个，围得水泄不通，连路过的家长都觉得震撼：原来孩子们这么爱看书啊！

有时翻得快一点，旁边没跟上进度的孩子就会忍不住“啊”的一下，又无可奈何地闭上嘴；有时翻得慢一点，旁边不耐烦的孩子就会发出啧啧声；看到好笑的，大家会乐作一团；看到紧张的，大家一惊一乍；看到可恨的，大家就一起开骂。孟迪太享受这样被人围着的感觉了，控制着整个局面，控制着大家的视线和喜悲，还有什么事儿比这更令人开心呢！

但最近几天孟迪开心不起来，他明显感到自己的控制力正在变弱——围在他身边的小孩儿越来越少了，今天居然只有小李一个人慢吞吞下楼来，蔫蔫地坐在孟迪旁边。

都怪今年这破天气，实在太热了，热到频繁听说有人中暑、有人热死，于是大家白天都不会到院子里玩了。要么就在附近河里游泳，要么就在山腰的防空洞口支个桌子打扑克牌、打麻将。最近两年开始流行装空调了，孟迪家就是最早装空调的，后来陆陆续续很多家都装了空调，大家就更不爱出门了，宁可在家吹空调看电视节目。

“你咋不在家待着？”孟迪问小李。

“你咋不在家待着？”小李重复了孟迪的话。

“我先问你的。”

“我先问你的。”

孟迪把书一合，说：“你再这样我就不给你看漫画了。”

“我错了我错了，唉……我家太热了！还不许我看电视，说看电视会让家里更热。”

“啊？你家不是刚装了空调吗？”

“爷爷说空调太费电，电贵，只能睡前开一小时。你家呢？”

“我家没人也开着空调，要保持凉快，这样只要一到家立马就舒服了。”孟迪得意地说。

“真好……啥时候去你家吹着空调看漫画吧。”

孟迪心想，倒也是个好主意，如果请朋友们来家里看漫画，自己便又可以占据中心地位了。但这事儿有点难度：孟妈不喜欢家里有人来做客，不喜欢别人碰她的东西，每次客人走了，孟妈都要指挥保姆田阿姨大扫除，还要把沙发罩子拆了彻底洗一遍。

“可以是可以，改天吧……”看来需要找个机会跟妈妈申请一下。

“那咱们现在去防空洞看漫画吧，这里太热了，你看我的汗！”小李指着自己的脑门说。

“我才不去呢，那地方闹鬼……算了，我要回家打游戏机了。”孟迪拿起书起身走了。小李在原地呆坐了片刻，便起身去院子后山的防空洞看人打扑克了。

孟迪一边往家走，一边回忆起妈妈打麻将的样子。那时他家还没请保姆，孟妈会带上他一起去朋友家或者麻将馆。孟妈总穿深色紧身裙，不管春夏秋冬都会戴着手套，经常一打就是大半天。孟迪在一旁写作业，写完会给孟妈看，或遇到不懂的题问孟妈，孟妈会一边摸牌一边瞟瞟作业本，说："宝贝你真棒，但妈妈没文化看不懂，等你爸过几天从广州回来你再给他看吧，乖。"有时孟迪饿得肚子直叫唤，孟妈就从麻将桌上顺手拿一张钱塞给孟迪，说："你就在隔壁吃个面吧，给妈妈也带个炒饭啊，乖。"有时孟迪摔一跟头，或头磕到桌子，或被其他小孩儿抢了漫画书，孟妈会说："宝贝你要坚强，男孩子不许哭，你看，叔叔阿姨都在笑你了，你安静一点，乖。"

想到这些，他燥热起来，连走带跑冲进家门。孟迪胖乎乎的，稍微动一动就满头大汗，好在家里开着空调凉快极了，漫画往桌上一扔就想要扑到床上去，正在择菜的田阿姨冲过来阻止了他："身上那么多汗就往床上躺！你妈知道了要骂人的！"

"她又不在，你不说她就不会知道。"孟迪还是执意要上床。

"乖，过来，这样会感冒的，阿姨给你擦擦身子。"

孟迪最烦妈妈说"乖"了，凭什么让我乖，我不想那么乖。但田阿姨说这个字时跟孟妈很不同，沙哑的嗓音总是带着点甜甜的，撒娇一般的温柔，让孟迪想要安静，想要顺服。于是孟迪乖乖跟田阿姨到了卫生间，脱了上衣，任由田阿姨用热水拧了毛巾给他擦身上的汗。田阿姨比妈妈年纪大，比奶奶年纪小，是个黝黑干瘪的中年人，每个手指都有厚厚的茧，光滑坚硬，摸起来像甲壳虫，顽强，充满力量。

“田阿姨，我明天可不可以喊同学来家里看漫画啊？”

“你妈妈同意了吗？妈妈同意的话就可以啊。”田阿姨用毛巾捂住孟迪的手，擦去上面的汗，孟迪的手心立马变得凉爽起来。

“不行，跟妈妈说的话妈妈肯定不会同意的。”

“那我也没办法咯。”

“那我们跟爸爸说一下吧，爸爸同意也可以啊。”

“好啊，我们现在就打电话。”田阿姨坐到客厅小桌子旁，拨通了电话，但对方说孟老板这会儿不在办公室，出去了，可以打他的BB机。田阿姨不太会打BB机这么新鲜的玩意儿，研究了半天才打通了寻呼台留了言。

直到晚上吃完饭天都黑透了，孟爸也没有回电。孟迪自己看了看漫画，打了打游戏机，早早睡了，但睡得不踏实。他梦到电话响了，冲去接电话，对方却不是爸爸。

“喂？孟迪吗？”一个很扁的声音说。

“你是谁啊？”

“我是你的好朋友哆啦A梦啊，连我的声音都听不出来了吗？”

“原来是哆啦A梦啊，你要不要来我家做客啊，我家有空调可以吹，还有冰西瓜，还有汽水，还有漫画和游戏机呢！”

“哇，那太棒了！我明天就用任意门到你家去玩，给你带好吃的铜锣烧，我们明天见！”

第二天孟爸还是没有来电，孟妈吃完午饭就出门打麻将了，还嘱咐田阿姨今天的晚饭不用准备她的份儿，她要去朋友家打麻将到很晚。

田阿姨在厨房洗碗，孟迪就在一旁扭扭捏捏，欲言又止。在进进出出厨房若干次之后，他终于拉住田阿姨：

“田阿姨，我下午可以让同学来家里玩吗？”

“乖乖，你妈妈会生气的，况且我也没有这个权力啊……”

“咱们别让她知道嘛，反正她很晚才回来啊。”

“万一邻居跟妈妈说了呢？或者妈妈提前回来了呢？你还是应该先跟妈妈商量一下的，万一她答应了呢？”

“她才不会答应呢，她根本不在乎我……你就帮帮我吧，田阿姨，你对我最好了！你是这个世界上最好的人！是我最喜欢的人！”孟迪撒谎了，他最喜欢的其实是爸爸，第二才是田阿姨。“总之求求你帮帮我，救救我，答应我吧！我只有这一个愿望！”孟迪贴上去拽着田阿姨的手不放。

田阿姨很紧张地左右看了看，又往窗外看了看，又很严肃地沉思了一下，然后决定帮孟迪一次。“仅此一次！”

孟迪在院子里兜了一圈，轻松召唤出了八个小朋友，进门的时候还专门交代：要脱鞋，我妈妈很爱干净。

田阿姨从厨房切了冰西瓜端出来给大家吃，大家刚开始还有点拘谨，后来就也不客气了，吃了西瓜吃零食，吃了零食喝汽水，歪歪倒倒在沙发上、椅子上、地板上看起了漫画。小朋友们纷纷感慨：孟迪家的空调太凉快啦！

孟迪给同学们找出他们想看的漫画，听他们的惊呼和感谢，心里还是有些得意的：看，我爸对我多好，让我吹空调，给我买漫画，你们家里办不到吧。

但过了一会儿又觉得有些无聊：大家各自看各自的，各自的喜悲都在各自手里，没有从前那种“围住他”的中心感了，自己倒变得像是个陪读的书童，不仅没有控制权，还要当服务员。

于是他拿出了撒手锏：任天堂红白游戏机。《冒险岛》《魂斗罗》《忍者神龟》……还有谁也无法拒绝的《超级玛丽》！小朋友们沸腾了，放下手中的漫画，围到了电视机前，围在了孟迪身后，会玩的就轮流和孟迪一起玩，不会玩的也津津有味地观摩学习起来。

孟迪玩游戏机算是一把好手，自认为院子里无人能出其右，谁料今天有个住其他院的同学也在，同学叫小飞，家里就是开游戏机店的，整天都在玩游戏，比孟迪高出了一个段位，每个游戏都玩得很厉害，引得小朋友们频频惊呼。

孟迪发现自己又沦为配角，忍气吞声玩到五点多，站起来说时间差不多了妈妈要回家吃饭了，大家一看也确实要到晚饭时间了，只好依依不舍地告别，穿鞋开门准备走，门一开大家都愣住了，孟妈站在门口正准备要开门进来，看到这么多小孩儿在自己家里，也愣住了。还是小李先喊了“阿姨好”，大家才纷纷跟孟妈问好。

“啊，你们好你们好……来玩呀？这么快就走了吗？”孟妈看了看一旁脸色发白的孟迪和不停搓手的田阿姨，回过神来。

“嗯，我们正准备走了，谢谢阿姨，阿姨再见！”小朋友们礼貌而迅速地走了出去，冲下楼。

“哎，再见，下次……再来玩啊……”孟妈话音未落便关了门。

孟迪松了口气："妈妈，大家真的还能再来玩吗？"

孟妈换上拖鞋走到客厅，看了看还没来得及收拾的四周，扭头骂道："玩玩玩，玩个屁啊玩，你胆子越来越大了，翅膀长硬了是吗？不跟我说一声就敢带人回家，你看这地板脏的，沙发也是……以后永远不要叫同学来家里了！……田姐你是怎么回事儿？你还切西瓜招待他们？要不是我今天提前回来，是不是还打算瞒着不让我知道啊？到底你是他妈还是我是他妈啊？"

田阿姨尴尬得不知道说什么好，只能默默收拾起客厅。孟迪小声地说："妈妈我错了，你别生气了……我以后不敢了。"

"你没错，是我错了，我就不该年纪轻轻跟人结婚，就不该生下你，就不该让姓孟的去广州，现在可好了吧，他不要咱们了，他在那边有新家了！他活得可滋润了！永远不会回来了！……"说着说着孟妈开始大哭，抢起电话旁边的花瓶就往地上砸。

那是孟爸孟妈结婚的时候置办的，鲜红色的玻璃花瓶，喇叭花大敞口造型，里面放的都是塑料花，有玫瑰、牡丹、芍药，热热闹闹红红火火一大捧，还套着一个防落灰的塑料薄膜。这下子啪嚓碎了一地，四散开来，也还是热热闹闹红红火火的，孟妈看着这一地假花，哭着哭着冷笑了几声，大步走出门去。

田阿姨倒是很冷静地打扫那一地碎片，还专门开了电视出点声音让屋子里气氛没那么可怕。两个人安静地吃完晚饭，田阿姨安静地收拾桌子洗碗，孟迪安静地出门下楼，安静地躲到了院子角落的仓库边。他考虑再三决定不要哭了，他的好朋友哆啦A梦随时可能会来，他不想给哆啦A梦留下不好的印象。

孟迪慢慢走到仓库背后，顺着墙爬到仓库的房顶，他很不擅长攀爬，所以费了很大力气才爬上去。他想这样站高一点可以帮助哆啦A梦准确地找到自己。

至于他是怎样踩空，怎样掉进仓库里，多久才被人找到救出来，孟迪自己也记不太清了，这个过程其实应该是很漫长痛苦的，但他回忆起来的时候总是会快进，仿佛那就是几秒的时间，但那几秒或漫长的一夜中，孟迪非常确定的是，他又梦到了哆啦A梦，哆啦A梦本人也跟漫画里一样圆滚滚的，说话也是那样扁扁的音调，它说："本来要给你带铜锣烧的，但我自己不小心吃完了，哈哈，但作为补偿，我给你带了一个人来。"

所以当孟迪醒过来看到孟爸在病床边上时，才会开心得哭出声来吧。他太喜欢这个礼物了。

小飞

小飞后来总能想起在医院桥下见到那团东西的瞬间，那种冲击感在他不同的年纪总能引申出不同的深意。那是一个胎儿，准确地说那曾是一个胎儿。

小飞很少被当作小学生看待，因为他实在太"社会"了。小飞的爸妈在镇子里开了游戏厅，营业项目有街机，老虎机，还有两张台球桌。小飞从小便穿梭于游戏厅中，会玩所有游戏，会打台球，还会抽烟。他是全班第一个会抽烟的男生。

小飞抽烟并不敢在自家游戏厅里，他的爸爸大飞不爱说话只爱动手。小飞第一次抽烟是在游戏厅门口，打台球的少年随手递给他的，他才抽了没两口，还没细品出香烟的美妙，大飞不知道从哪儿钻出来，一个大耳光把小飞连人带烟都扇飞了。但该学会的早晚能学会，为了不被大飞和邻居撞见，小飞抽烟的地点一般都在学校厕所和医院桥下。

小飞觉得班里那些小毛孩儿跟自己不是一个层次的人。他们是儿童，老子是成年人，老子会抽烟。小飞经常课间站在厕所里抽烟，每个上厕所的男生都会看到像根竹竿一样瘦高的小飞得意扬扬地抽着烟，昂头斜眼看着大家尿尿的背影，还评头论足：你尿得太低了，尿高一点，对，再高一点，看到最顶上那条线了吗？对，就是比你头还高的那条，那就是老子尿的。

说起来万丈抽烟还是小飞教的，他俩都坐在班里最后一排，都是老师最头疼的一类学生：作恶多端，人高马大，家人纵容，同学害怕。万丈数次碰见小飞在厕所抽烟，于是有了兴趣，找小飞要烟学了起来，很快厕所里就总是两个人在一起昂着头斜着眼抽烟了。只是万丈抽着抽着会突然凑到尿尿的同学旁边，低头看一眼，发出一声轻蔑的笑。

小飞还加入了几次万丈放学后的娱乐活动。说是娱乐，但乐的人只有万丈，这个活动就是放学后在巷子里抽烟，有小孩儿路过，就会被万丈“借钱”，他一般会说：嘿，小崽子，站住，借点钱给我，下学期还你。这钱当然是有借无还的。但如果不借，会被万丈搜身，搜出来钱就会挨打，没搜出来也会挨打。如果是女孩儿路过，万丈倒是不会提钱，他会用脚钩女孩儿的裙子，或把口香糖粘到女孩儿头发上，如果女孩儿吓得跑了起来，他还会稍微追上一小段。

小飞对钱没有太多渴望，抽烟可以整盒整盒偷大飞的，打游戏也不用钱,零食和玩具都是游戏厅里的哥哥们给买的，没什么花钱的需求。至于女孩儿，实在是没必要去捉弄。大飞打格斗游戏的时候最喜欢用女性格斗家，冷峻的莉安娜，风流的夏米尔，俏皮的麻宫雅典娜，活泼的坂崎百合，帅气的金，还有最性感的不知火舞。小飞用她们打败了镇子里所有的游戏高手……但遇到了真实的女同学，小飞却不知道怎么开口,也不知道应该说什么,一跟女同学说话就会思绪紊乱，表达阻塞，开始犯结巴。好在一般也不会有女生搭理小飞。

所以小飞常常会拒绝万丈的放学娱乐邀约。但万丈会说："走吧,陪我去吧,我一个人很无聊……你还是不是我兄弟了？"

小飞太需要一个兄弟了。学校的同学都觉得小飞太成熟，游戏厅的哥哥们又觉得小飞年纪尚小，没有人把他当朋友，要么太"敬老"，要么太"爱幼"。所以当万丈这么说时，小飞还是有几分感动的，于是往往硬着头皮跟他去巷子里抽烟，跟小孩儿"借钱"。却还是不捉弄女孩儿，只是假装很酷地往墙上一靠，抽着烟看万丈用各种办法把女孩儿们吓得尖叫逃窜。

但学校里有个女孩儿是大家都不敢惹的，就是双胞胎姐妹的那个妹妹——小双，黝黑的皮肤，又高又结实，还是体育标兵，代表学校去市里参加标枪和短跑比赛都能拿奖杯回来。还经常跟男生打架，把男生按在地上骑着扇耳光，学校很多男生都被她扇过。

这天小双也路过巷子，看到万丈和小飞在抽烟，冷笑着瞟了一眼。万丈愣了愣，把烟捏在手里不知如何是好，于是侧过身开始抠墙皮。小飞才想起来上学期万丈在学校被小双骑着打得一脸鼻血的事儿。小飞当时也在场，同学们在篮球场围着观战，小飞趴在二楼栏杆上静静欣赏小双的身手，哇，这女孩儿太帅了，简直是格斗家！不像一般的小孩儿一顿乱拳抓头发抓脸。她出手非常简练，精准，没有一个动作是多余的。连万丈这种大个头都被她轻松按倒在地，毫无还手之力。

小飞以为小双会径直走掉，没想到她居然朝他们走了过来，说："哟，抽烟呢？给我也来一根。"还没等小飞反应，万丈就连忙说："我还有事儿，先走了。"说完快步走开了。

小飞看看小双，又看看万丈离去的背影，远处是山肩上的落日，红红软软的。今天居然是晴天啊。

小双其实不会抽烟，只是今天出了期中考试成绩，一如既往地差，于是不想那么早回家，在学校附近瞎转悠，碰到抽烟的看着像是同校的同学，于是便想打发打发时间。

"他怎么了？"小双用下巴指了指万丈离去的方向。

"你不记得啦？他被你打过啊。"

"哦，是吗？我忘了。打过太多人了。烟呢？快给我来一根。你们好像是3班的吧？"

"是2班的。"小飞掏了一根烟递过去，然后给小双点烟，动作行云流水，他在游戏厅门口看了几次就学会了。但他发现小双似乎不知道该如何叼着烟，也不知道点烟的时候应该往里吸。"你要吸气才能点燃啊。"

"喀喀喀……"小双猛烈地咳嗽起来，咳出了眼泪，好一会儿才缓过来。“我第一次抽烟……怎么这么呛啊，是不是假烟啊？”

到太阳完全隐没在山背后时，小双已经完全掌握抽烟的各种技巧了。小飞发现跟小双说话时，自己并不结巴，她带给自己的感觉跟班里的女同学不太一样，更多的是佩服，还有一种莫名其妙的亲切，她和他在某些地方很像。

因此小飞晚上回家之后还挺开心的，缩在被子里回想着当天的落日，很像弹落了烟灰之后猛吸一口的烟头，红红软软的。客厅里爸妈吵架砸东西的声音如同动作片里的枪林弹雨，而自己和小双则是大隐于市的喋血双雄，在落日的余晖中叼着香烟，毅然加入了这场浪漫的枪战……

后来小飞和小双时不时地会约着去医院桥下抽烟，顺便练飞镖。飞镖就是医院桥下河滩里捡的针头，偶尔能捡到针管，组合起来就是飞镖了，多练几次就可以准确扎在树干上。

这天下着小雨，小飞在桥下扔着飞镖等小双来。万丈走了过来，找小飞要了根烟抽，捡了鹅卵石在河面上打起水漂。

“等人呢？”万丈问。

“没，自己在玩。”

“等谁呢？”万丈又问。

“没等谁啊……你咋来了？”

“我咋不能来？”万丈反问，“咱们以前也经常来这里啊。”

小飞沉默了，最近和万丈确实疏远了，万丈看到小飞和小双一起出现，就会立马躲开。

“你俩是不是谈朋友了啊？”

“谁啊？谁和谁啊？”小飞明知故问。

“还有谁啊，你最近整天跟那个男人婆一起。你俩打过啵儿了吗？”

“怎么可能！”

“你的口味很奇特啊，怎么会喜欢那种类型？”

“你管得太宽了。”

“听说小双其实是男的，你看她那胡子，哪个女的会长胡子？”

“……”

“你摸过她了吗？她是男的对不对？”

小飞猛地扔出一个飞镖，但方向没控制好，扎到石柱上，针头歪了。他扭头往远处走了几步，走进了小雨里，尽量控制自己不去想象小双的性别到底是什么，俯身在河滩上东翻西翻找新的针头。小雨在河面上零零散散打出一个个圆圈。

河滩上浅浅的水中，一个东西引起了小飞的注意：巴掌大的一团肉粉色，软绵绵的，弯弯曲曲地躺在那里。

一个死胎。

小飞意识到那是什么，两腿一软跌坐在了水里，然后爬起来跑到桥墩下面开始呕吐。万丈也走过去看了看，皱皱眉头，说：“这有什么好怕的？”

小双打着伞走过来了，远远看到小飞在吐，问万丈：“他怎么了？”

万丈笑了笑，指指旁边说：“你来看吧。”

小双走过去看了一眼，脸都黑了，感觉一阵恶心，伞也拿不稳，转身跑开了。万丈乐了：“这有什么好怕的？你们两个也太垃圾了，两个胆小鬼。”万丈合起小双掉落的伞，用伞尖把那个肉粉色的东西挑了起来，它的脐带就这样晃动着，仿佛再次拥有了生命。

万丈用伞尖指着小双，一边追一边喊：“你不是很牛吗？怎么还怕这个？哈哈哈……”

小飞也连忙追了上去，这是他第一次看到小双哭。路人们就这样看着三个小孩儿在小雨中拼命追赶，混合着哭声，笑声，骂声，谁也没注意到伞尖上还有一团疲软不成形的东西。

小双跑得太快了，很快就跑回了山腰上的黄葛树大院。万丈追到山脚下实在跑不动了，把那团东西扔到了山下路旁的石碑上。那石碑不知道从什么年代就倒在这里，长满青苔，字迹早已无从辨认。那团东西趴在上面，安详而平静，像是一个老人，走了很远的路之后疲惫不堪地趴在一扇门上，从此便拥有了此处，正式葬身于此。

黄葛树大院的居民们下山路过时都发现了那个石碑上的异常，但大人们都很默契地没有讨论这件事儿，过了两天之后，那团东西开始变色发臭，才有人去把它收拾干净了。小双这几天都绕远路上学，不敢路过那个碑。

再次看到小飞是一周之后了，他脸上的伤还很明显，青一块紫一块，头上裹着纱布。据说这是本年度学校同学斗殴最严重的一次了，两人都被严重警告，万丈还躺在医院养伤。放学之后小飞去了医院桥下，小双也在。他们互相点了点头，小飞递过去一根烟。

“我不抽烟了，你自己抽吧。”

小飞给自己点了烟，看了看天，下了一周的雨终于停了，今天暖和一些了。

“那个小孩儿好可怜。”小双看着水面说。

“嗯，是啊。”

“我那天不是因为害怕才哭的……”

“嗯，我知道啊。”

小双很难描述自己的感受，小飞也是，但他想，自己应该是理解她的。那个小孩儿，她称它为小孩儿，那个小孩儿离我们太近了，近得可怕。

“你抽完烟陪我走回去吧。”

“走。”小飞把烟往河滩上一扔，那红红软软的烟头轻易地熄灭了。

一路无话，走到了山下，碑前。小双要了三根烟，点燃了插在旁边的土里。双手合十，静默了片刻。

小飞也跟小双一起双手合十，心里默念，阿弥陀佛，保佑保佑。但也不知道具体要保佑一些什么。默念完，小飞给自己点了一根烟，抽了起来。前阵子在家养伤，不敢抽烟，真是憋坏了。

小飞说：“没想到你这么迷信啊，还以为你不信这些东西呢。”

“唉……”小双叹了口气，“你也快别抽烟了吧，这玩意儿太臭了。对身体也不好。”

小飞深吸了一口烟，抬头看了看，太阳刚刚落山，天还没有全黑，此刻天色格外蓝，和眼前的山连成了一片，铺天盖地谜一般的深蓝，只有烟头和小双的眼睛在浅浅亮着，忽明忽暗。

建文

小李今年最大的愿望就是能吃上一次红烧牛肉方便面，而且必须是桶装的那种。

其实方便面并不稀奇，干妈家也有，但都是袋装的，有三鲜味和鸡汁味，干妈的女儿小梅经常给小李煮。干妈家就在院子外不远处，小李常常跑去玩，如果小梅姐姐在家，小李就会用一种若有所思的感慨眼神盯着餐柜里的方便面，他不好意思直接说想吃，好在小梅姐姐总能一眼看穿他的心思，微笑着拿出一袋方便面给小李泡上。袋子撕开来里面有一包调味粉，把面和调味粉放碗里加上开水闷一会儿就可以吃了。比起正经饭菜，小李更爱吃方便面，很鲜香，小小的波浪像女人烫了的头发，很有弹性，虽然是面，但更像是零食。

不过听说小梅姐姐最近有了男朋友，所以周末总是不在家，小李经常扑空。干妈倒是常在家，但干妈无法领会小李那若有所思的眼神，对小李盯着餐柜的行为视而不见，倒是爱给小李冲麦乳精喝，麦乳精喝多了腻得要命，几次之后小李就不再敢轻易踏入干妈家。

这阵子电视上经常出现一个广告，是桶装的方便面，一个红红的小桶，打开盖子冒出香气，镜头拉近，里面是超大块的牛肉和各种红红绿绿的新鲜蔬菜，波浪一样的面条在浓郁的汤汁里舞蹈，小孩儿和大人同时吃一口，脸上都露出了满足的表情，还说它营养丰富，富含维生素，得了什么金奖。

哇，小李想，这肯定比干妈家的袋装三鲜方便面和鸡汁方便面好吃多了！那么漂亮的大块牛肉，平时都没见过，广告里的人吃完之后好快乐，看得小李口水直流。小李鼓起勇气在饭桌上提了一次想吃桶装方便面的想法，结果挨了骂，小李的爷爷李老头狠狠瞪了小李一眼："咱们家是什么经济情况你不知道吗？哪儿还有钱给你买这些乱七八糟的东西。你好好吃饭不行吗？每次剩那么多饭……"

从此小李心里有了一个结，每次在商店看到红烧牛肉面的红色包装桶，总是忍不住停下来远远地看一眼，或凑近了看看上面的图片，上面的卡通小厨师笑嘻嘻地跟他打着招呼，那些超大块的牛肉似乎也在呼唤着他。

小李的爸爸大李回来得太是时候了。虽然大李每次回来都会令小李很开心，但这次回来却是雪中送炭般及时，因为明天是学校组织的春游，今天大李就从外地回来，到家里吃饭了。

明天的春游李奶奶给小李准备了果脯、豆腐干、一点点牛肉干、花生糖和芝麻糖，全都是散装买回家的，用皱皱巴巴的小塑料袋分出这一小包那一小包。明早大概还会有煮鸡蛋和苹果，还有一个装了凉白开的儿童水壶，一起塞进小李书包里。小李想到这些东西就头疼，往年春游同学们带的都是包装很漂亮的零食，各种膨化食品和巧克力，可乐、雪碧、芬达。只有自己带一些土里土气的散装零食，也不好意思当着大家面拿出来吃了，只好躲起来默默解决掉。

要是大李没有回来，那明天的春游小李就还是得躲起来默默解决那些皱皱巴巴的小塑料袋。但大李却回来了，小李于是有了新的打算。晚饭过后小李就拉着大李的袖子撒娇，说要一起出去走走，大李很愉快地答应了，拉起小李就往外走。李奶奶知道小李的如意算盘，立在门口大声交代道：“不许给他乱买东西！”

在小李的各种暗示明示之下，他们果然走到了小卖部。最后的收获有：棒棒糖两个、大大卷泡泡糖一盒、旺旺仙贝一小袋、麦丽素一包、萨其马若干、芬达一瓶，最重要的是——一桶康师傅红烧牛肉面！

当晚小李睡得很不踏实，半夜还醒来一次，摸了摸旁边椅子上鼓鼓囊囊的书包才又睡去。

春游的地点离学校很近，老师带着一个班的同学走路不到一公里，抵达山下的一个小公园，坐索道过几座山到远处山顶，那就是春游的地点了。这地方所有同学都来过，小李也来过，实在是很普通，山上就是一个广场，一些亭子，一个什么庙还是遗址的，可以看看风景，仅此而已。同学们一路上都议论起学校组织春游的敷衍态度：居然就在这么近的地方，真无聊。只有小李觉得丝毫无所谓，在哪儿春游都行，他现在在乎的只有包里那桶红烧牛肉面了，等到了午饭时间，他把它一揭开……

索道已经慢慢悠悠越过好几个山顶了，可以看到镇子里的医院、菜市场、小河，甚至可以看到六十七号院山下的小水电站。小李和孟迪坐在一个缆车里，孟迪上次从屋顶跌落之后开始有些恐高，便和小李聊天分分心：“我今天带了最新的一本《哆啦A梦》。”

“哇，那一会儿可以借我看吗？”

“有什么好处？”

“我可以请你吃我的麦丽素。”

“麦丽素我也有。”

“那我请你吃旺旺仙贝。”

“那东西我在家都吃腻了。”

“那棒棒糖……”

孟迪随手就从包里抓出一个棒棒糖塞嘴里。

小李想到了自己的方便面，嗯，这个不行，不能跟人分享，他必须自己吃掉一整碗。于是小李不再说话了，沉默地抱着自己的书包，望着脚下的山林。

到了山上，老师带大家参观了一个遗迹，讲了一些当地历史故事，便放大家自由活动了。同学们变成一小团一小团，女生有三三两两跳皮筋的，有聚在一起吃瓜子聊天的，有人带跳棋玩，有人带了小游戏机或电子宠物，还有几个男生在远处角落打扑克，孟迪在一个小亭子里看他最新的《哆啦A梦》，好几个同学围在他后面挤着看，小李也看了一会儿，很快挤累了，抽身出来四处走动。一会儿吃着麦丽素看人跳皮筋，一会儿吃着仙贝听人聊天，一会儿吃着泡泡糖看人下跳棋，小李发现自己好像跟大家都不那么熟，能说上几句，但也都只能说上几句便无话可说。他们怎么会有这么多话题可聊？怎么会有那么多游戏可玩？他可真无聊啊。

小李到一棵树下打开了自己的包，拿出那桶红色的方便面，摸着封面感慨：大李真好，会给我买方便面，以后长大了要对他好一点。孟迪突然蹿了出来：“好啊，你躲在这儿做啥呢？大家都在那边吃饭了，你咋不来？”

小李愣了一下，指了指自己手里：“我吃这个。”

“啊？方便面啊？”

“对啊，红烧牛肉面。”小李有些得意。

“哟，你都吃得起这个啦，偷钱买的吗？”

“我爸给我买的。”

“哦哦，不错，但这山上没有开水啊，你要怎么泡？”

小李这下子愣住了。只知道袋装方便面需要开水泡，没听说过桶装的也需要啊！广告上直接打开就是一碗热腾腾的面，包装上不也是吗？这么贵的东西，哪里还需要自己用开水泡？嗯，孟迪肯定没吃过，他根本不懂。

“你不懂了吧，这个直接打开就是包装上这个样子啊，有这么大的肉，有菜，还有汤。”小李指着包装上的图片说道。

“你是不是有毛病啊？……”孟迪乐了，“那你打开试试。”

“打开就打开，正好我也饿了，你不要抢我的。”

孟迪没说话了，就站一旁笑呵呵地看着。

小李小心翼翼拆开外面的塑料薄膜，再沿着虚线把碗盖撕开，真的是特别小心翼翼，生怕里面的肉和汤洒了出来。

咦？怎么是这样？没有大肉块，没有红红绿绿的蔬菜，没有浓郁的汤汁，没有弹牙的面条，有的只是干瘪瘪的一坨面饼，上面有三袋作料，还有一个塑料叉子。难道是我买错了？这跟电视上和图片上都不一样啊！小李回想起昨天在小卖部，那是他第一次摸到和拿起真真实实的桶装方便面，还在感慨怎么做到不烫手以及如此轻便的，这就是科技的力量吧。

而此刻，小李努力忍住自己的惊讶和失望，深呼吸一口，收拾起顿悟的悲哀，对孟迪说：“就是这样的，它本来就是这么吃的。很好吃，我吃过。你不懂。”

孟迪说："那你吃吃看呗。"

小李想了想，把作料一包包撕开，撒在面饼上面，啃了一口，边嚼边用很满足的表情说："嗯，真好吃。"

孟迪看不下去了，指了指远处说："我记得那边有个值班室，可能有开水，你去那边接点开水吧。我真的服了你了。"

小李背上书包站起身说："用不着，这样就很好吃。"说完头也不回地走了。他这时只想消失，消失在孟迪的视线，消失在所有人的视线，边走还边继续嚼嘴里的面饼，那面饼不仅干，还很坚硬，蔬菜干也像塑料一般难嚼，再加上很咸的作料，立马吸干了小李嘴里所有的水分，他感觉自己是一只绝望的骆驼，在无可奈何地嚼一把沙，脚下也像走在沙漠里，艰难、漫长、晕眩。

走着走着便远离了那些亭子和同学，走进了山林。春天的山林绿意盎然，万绿丛中一点红是小李还在端着的红烧牛肉面。一路也没有看到值班室，甚至都没有看到任何人。当他走累了打算走回去时，却死活找不到回去的路，他彻底走丢了。这片山原来这么大呀，每棵树都长得差不多，每条路也差不多，天色渐渐暗了下来。

终于走到了一个古色古香的小楼门口，他把面放在石桌上，自己坐在石凳上，由于昨晚睡得不好，他整个人都瘫倒了，开始思考人生，思考自己到底做错了什么。人生这东西，不思考当然会很迷糊，一思考还会更迷糊，思考着思考着，小李趴在石桌上睡着了。

刚睁眼就被眼前的人吓了一跳，这是个黑衣老头，坐在一旁的石凳上若有所思。老头看小李醒了，于是眯着眼睛笑着说：“小朋友，你怎么在这里睡着了呀？这个天气很容易着凉，来，给你件衣服披上。”说罢，老头把一件棕色粗布衣服盖到小李身上。

小李也不好意思再睡，起来点了点头，端详老头一番：老头全身上下黑布衣裤黑布鞋，背有些佝偻，头发、胡子都花白到银光闪闪，但面色红润，皮肤光洁，笑容烂漫，这方面倒是很像一个年轻人。老头这架势看着很像气功大师，同时也很像江湖骗子，哦，最近常常听说镇子里有骗子在活动，把一块手绢往人面前一晃，人就乖乖把所有钱交出来了。想到这里小李有些提防，却又比提防更多了点期待：虽然自己身上没钱，但大李有钱啊，要是自己被绑架，大李不知道会花多少钱救自己。

“小朋友怎么跑这里来睡觉了啊？”老头问。

小李不知道怎么阐述自己走丢了的事情，他觉得跟陌生人说这个也太丢人，何况眼前这个人还可能是个骗子，小李突然注意到桌上自己的面没了。

“我的面呢？”

“哈哈，你还在担心你的面啊？你的面已经被我吃掉啦。”

“啊……？”

“逗你的，我已经让一位朋友烧了山泉水给你泡面了，马上就好，你少安毋躁。”

小李还没反应过来怎么回事儿，一个穿着黄色波点裙的时髦小姐姐端着一桶泡面就从身后的楼里走出来了。小姐姐冲小李笑了笑，把面放回石桌上。小李摸了摸盖子，烫烫的。

“小朋友，别着急，还要等几分钟才能吃。天这么黑了你还在山上，你家人会不会担心你啊？”

这时天真的黑了，只有小楼外的几个壁灯亮着，想到爷爷奶奶或许还在等自己吃饭，爸爸可能也在到处找自己，小李有点难过，又有些高兴。但可能他们并没等自己吃饭，而是边吃饭边骂：“李冰这崽子这么晚不回来，一会儿要好好打一顿。”想到这里小李又害怕又悲伤，嘴巴一噘，哭了起来，说：“我走丢了，我回不去了。”

“哦，原来是这样，哎，别怕别怕，不会有事情的，你会回去的。”老头说。

时髦小姐姐也掏出一块手帕，跟她衣服一样，也是黄色波点的，蹲下来给小李擦了擦眼泪，又用手轻拍小李的背。小姐姐的手帕是黄葛兰的味道，又香又暖，闻了之后并没有晕倒，也没有想要掏钱的冲动，原来他们真的不是骗子。

老头为了哄小李开心，颤颤悠悠地唱起了歌。那是小李从来没有听过的歌，不是普通话，也不是自己镇子里的方言，仿佛是来自遥远未知地方的声音。小李静静听着，心里觉得安稳多了，也不再哭，不再想到爷爷、奶奶、爸爸、同学、老师，以及方便面。

老头唱完了问：“怎么样，好听吗？”小李摇了摇头说：“不好听，我听不懂。”然后咯咯笑了起来。老头和小姐姐也笑个不停，老头又说：“那你也给我们唱一个，唱个好听的吧。”

小李平时在家很喜欢放磁带听，家里有很多大李留下来的邓丽君磁带，小李听多了也都会唱了，于是小李给他们唱了一首《何日君再来》：“好花不常开，好景不常在，愁堆解笑眉，泪洒相思带。”

小姐姐听完给小李鼓掌，说：“小朋友你唱歌可真好听啊，姐姐很喜欢听你唱歌！”小李很少被人夸，又开心又害羞。倒是老头沉默片刻说：“好花不常开，好景不常在，人生能得几回醉，不欢……更何待？这歌词写得真好啊，真好听，小小年纪怎么会唱这种歌？”

小李其实也不懂歌词说的是啥，甚至很多字都不知道是什么字，只是依葫芦画瓢唱出来罢了。

老头说：“快，你的面泡好了，赶紧吃吧孩子，饿坏了吧？”

小李点了点头，打开盖子，咦？好神奇！里面居然有超多超大块的牛肉，红红绿绿的新鲜蔬菜，还有香浓的汤汁，闻起来就要流口水。小李饿坏了，狼吞虎咽吃了几口，两眼放光：这才是理想中的红烧牛肉面嘛，跟广告上的一模一样，不，甚至更棒！

小李吃得太开心了，快吃完了才注意到老头和小姐姐都还在笑眯眯地看着他。啊，他们会不会也饿了？小李从包里翻出一些零食，说：“谢谢你们，我请你们吃东西。”

老头也没有客气，拿起萨其马就开心地吃了起来。小姐姐拿了一个草莓棒棒糖，刚想撕开，起身望了望远处，说：“快看，他们来接你了。”

远处跑来的是拿着手电筒的班主任和李老头。“你怎么跑到这里来了？我们到处在找你！”班主任气喘吁吁地说。

“我……走丢了……”小李埋下头，心想，完了，爷爷肯定气坏了，这下少不了一顿打。

李老头满脸通红，却没有像小李想象中的那样生气，只是用力拽住小李的手腕，跟班主任道谢："谢谢老师，辛苦您了……"

小李回过头来想跟老头和小姐姐道谢时，他俩却不见了踪影。桌上的泡面还有一些残汤，小李的小脑瓜子更加迷糊了，不知道怎么解释刚才的事儿，稀里糊涂就被李老头拉去坐索道下山了。

索道平时早该关闭了，但为了他们找人，专门开到了现在。黑夜里的山林有股冷冽的味道，小李轻轻依偎在李老头身边，看不清李老头的表情，却能感觉他浑身冒着热气。半空中可以看到远处房屋窗口亮着一盏盏灯，天上的星星也静静亮着，脚下山林的黑不同于夜晚的黑，它似乎比夜晚更深邃，只能看到一些树的轮廓，在夜风中犹如黑色浪潮，轻声翻动。

下了索道跟班主任道完别，李老头拉着小李走到公园门口突然停了下来，坐在一旁椅子上从上衣口袋掏出一个小小的葫芦样的瓶子，倒出几粒不知道什么药，吞下了喉咙。小李问怎么了，李老头说没事儿，休息一下就好了。小李只好站在一旁看公园的简介：

建文峰位于×市×区×镇……景色宜人，植物资源丰富……建文峰的历史与明代一个落难的皇帝有关。明建文帝政改触动王藩利益，被其叔朱棣逼迫下台，逃难于此出家为僧，始更名为建文峰。建文峰原名禹山，相传燕王朱棣起兵发难，明建文帝（又史称明惠帝）朱允炆（明太祖朱元璋孙）最终落败后，为避追捕，不得不削发为僧，浪迹天涯。辗转各地的过程中，曾经流落于禹山避难，故后人改称为建文峰。山顶有一座寺庙，内设让皇殿（也称龙隐阁）、建文殿、仙女殿和村姑殿。庙中有一小井，名为“玉泉”，传说建文帝曾用此泉水煮茶，故又称建文井。因此，早些年来这儿求神拜佛的信徒络绎不绝，香火不断……

峰顶有一小寺，名为建文殿，俯视群山，尽收眼底。主殿旁边，有两偏殿，一为村姑殿，一为仙女殿。建文帝上山容易，吃饭难。山下一村姑每日送桃为食，后人念之，建村姑殿。后来村姑因送桃有功，得道成仙，于是又有仙女殿。

回家之后，李老头进屋睡了。李奶奶问小李饿不饿，小李本来不饿，被问之下就觉得饿了，于是李奶奶进厨房给小李弄吃的。小李跟到厨房问：“爷爷是不是生气了？”

“生气？你爷爷都急死了，到处去找你，你可不可以乖一点，别让我们着急啊？”

“我不是故意的……”

“不是故意的就好。”奶奶似乎比爷爷淡定多了，往锅里下着面条。

“我爸呢？”

奶奶皱着眉头说：“你爸下午就喝酒去了，不知道在哪儿，唉，你丢了他都不知道。”面煮好了，奶奶从高压锅里捞了一些东西添到面碗里，递给小李。“你爷爷早上领了工资让我去菜市场给你买的牛肉，你前阵子不是嚷着要吃红烧牛肉面嘛。快试试好不好吃。”

小李夹起牛肉，黑漆漆的一大块，不太好看，吃起来倒是还可以。面就是平时家里吃的挂面，没有那么多波浪也不弹牙，也没有广告上那么多好看的蔬菜。

小李吃着面，突然想明白一件事儿：这个世界比他以为的要复杂很多。小李一直以为电视机里的世界跟真实的世界没什么差别，电视机里发生的事情只是在重现这个真实的世界，在某些去不到的角落里，一定有人穿着新鞋走在街上就会跳起舞来引人喝彩，一定有人喝完一口饮料就爽到跳进海里，一定有人吃完药就恢复健康立马站起来爬山，一定有人一张嘴唱歌空气中就响起伴奏，也一定有人吃完方便面就会露出幸福的表情。

而此刻他才明白，电视机里的世界其实不是真实的世界，那些小孩儿和大人吃完方便面的幸福表情，自己啃着沙漠一样的干面饼也能演出来，跟自己打招呼的卡通小厨师和那些大块牛肉、美丽蔬菜都是一种表演。

回想起来，其实只要平时足够留心，早就会发现，穿新鞋的同学并不会突然跳舞，喝完饮料的同学也没有跳海，奶奶吃了那么多药还是膝盖疼，自己唱歌的时候空气中也没有伴奏。

但他又想不明白了，别人是什么时候发现这一切的呢？那些和自己一样大的小孩儿是怎么比自己先学会分清真假的？是他们的爸妈教他们的吗？还是说他们也和自己一样在某些尴尬的瞬间才突然领悟到真相？他们到底比自己聪明在对真相的领悟能力上还是对虚假的接受程度上？

那……真实的世界里会不会也有不真实的东西呢？

越来越想不明白了，小李不擅长想事情，一想就困。他吃完面刷牙洗脸准备睡觉，脱衣服时，一块松树皮从他身上掉了下来，轻轻落在地面，谁也没发现，它就这样化在了春夜里。

叹息之墙

徐岱太白了，每个大人看到她都会说：“哎呀小岱，你怎么这么白啊，真漂亮。”这时徐岱就会看看身边的爸爸或妈妈。爸爸好黑，妈妈又黄又黑，为什么独独自己这么白？徐岱在年纪更小的时候就此事问过家长一次。

“爸，我是从哪儿来的啊？”

“问这个做啥？”徐爸在专心练毛笔字，头都没抬。

“我想知道嘛。”

“问你妈去，你妈比较清楚。”

“妈，我是从哪儿来的啊？”

“问这个做啥呀？”徐妈白了一眼。

“他们说我是捡来的，所以跟你们长得不一样。”

“谁嘴这么贱啊？有啥不一样啊？你跟你爸长得一模一样！”

“那为什么我这么白你们那么黑？”

徐妈终于认真转过头来看着徐岱说：“你是捡来的，在后山的防空洞里捡的，你在防空洞里晒不到太阳，所以才这么白，明白了吧？快去把作业写了，把唐诗背了。你要是期末考砸，我就把你送回防空洞，看看哪家再把你捡走。”

“妈……”徐岱笑着拉起徐妈的袖子撒娇，试图缓解如此奇怪的氛围，发现无效，徐妈依然面无表情地看着自己。

徐岱的笑渐渐消失，默默走开，从此再没问过这个问题，只是心里认定了自己并不是亲生的。

这些年徐岱的成绩一直很好，每次都能考到班里前几名，不知道这跟害怕自己被送回防空洞有没有直接的关系。她家住在一楼，门口花坛里有棵粉色的大月季，出太阳的日子里，阳光透过粉色月季又透过绿色纱窗，悠悠地洒在徐岱的作业本上，使得做作业这件事儿竟有了一点诗意。

“在写作业呢？”小李在窗户外面问。

“嘘……”徐岱指了指身后。小李扶着窗台踮起脚往里看了看，徐妈正在后面的小床上睡午觉。

“数学写完了吗？”小李轻声问。

徐岱摇了摇头。

“那语文写完了吗？”

徐岱点头。

“借我抄一下呗。”

“不借。”

“哎呀求求你了！你最好了！”虽是在求，但小李知道徐岱一定会借给他作业的，只是这个“求”的流程一定要走。

徐岱转头看了看，妈妈睡在小床上，呼吸均匀，额头微微冒着一点汗。床头的电风扇轻轻摇晃脑袋，时不时把徐妈的裤脚吹动。徐岱把纱窗掀起一角，卷起一本语文暑假作业塞了出去，并交代：“不要抄我的作文！”

“知道了！晚上还你。”小李拿着暑假作业就跑回家了。过几天就要开学了，小李的暑假作业还一个字都没动，反正他知道有的抄。他俩从小就在一个班，小李常年抄徐岱的作业，有时考试也抄，小李会用好看的小橡皮、小本子或子弹头积木铅笔作为报酬，让徐岱在监考老师转身的瞬间传小字条给自己。徐岱其实并不缺这些东西，只是想到有个人如此需要自己，冒点险又算什么呢？这种责任感也让徐岱除了认真写作业，还非常认真地写字，生怕小李抄作业的时候看不懂、认不清。她的字一笔一画，干净整洁，看着就知道是一个微胖雪白的女孩儿写出来的。而小李的字则歪歪扭扭，看着就知道是一个发育不良的男孩儿写出来的。

徐妈还在睡，甚至轻轻打起了呼噜。窗外小风吹过，月季影子在数学作业本上微浪轻翻。徐岱屏住呼吸，一点点推开手边书柜的推拉玻璃门，玻璃和木槽摩擦发出沙沙的声音，偶尔有点阻塞，需要非常有耐心，用指甲盖一点点推，在某个节点之后便又稍微畅通。就这么一毫米两毫米，终于推开一个能伸进去手的大小了。

拿扁圆瓶子，徐岱早就想好了。方形瓶子有五个，菱形瓶子有六个，水滴形的瓶子只有三个，但扁圆的瓶子有十八个，这么多年里逐步递增到这个量，徐爸每次放进去的时候似乎也没有数，所以拿走一个扁圆瓶子，再把剩下的位置调整一下，绝对不会被发现。

就这么干。

徐岱提起一个扁圆瓶子，没想到它碰到了其他瓶子，发出了玻璃相撞的轻微高频。她用余光看了看，妈妈没动静。风扇还在摇头，气流声掩盖了玻璃的高频。她把瓶子拿出来放进笔袋，缓慢拉上拉链，塑料拉链那细小而连续的颗粒状声音，也融化在了风扇声中。接下来就是调整书柜里面瓶子们的位置，接着拉上玻璃门，还没拉到底，徐妈翻了个身。徐岱一紧张，手赶紧抽了回来。

徐岱摸着桌上的小镜子，调整角度看身后的妈妈，一看吓一跳，妈妈正眯着眼睛看镜子里的自己。

“妈！你醒啦？”

“几点了？”徐妈揉了揉眼睛问。

徐岱猜她并没有发现什么，于是看了看桌上的小闹钟答道：“三点多。才三点多。”

“嗯……你刚才在翻什么？稀里哗啦的。”

“书。《唐诗三百首》。有图的那本。”

“那本……”徐妈爬起来，往旁边看了看，走到徐岱身边。“不就在这儿吗？”她从一旁椅子上的书包下面翻出了《唐诗三百首》，带插图的。

“哦！原来在这儿啊。”

“你的手臂咋了？”

徐岱一看，小臂内侧有一道红印，应该是刚才手抽回来太快被桌子上盖的玻璃给划的，不太深也不太疼，但由于皮肤太白，这道划痕显得鲜红夺目。

到了晚饭后，小李又摸到了徐岱窗户底下，敲了敲玻璃。徐岱把纱窗打开一条缝，收下了小李还回来的暑假作业。小李却不走，笑嘻嘻地问：“那个咋样了？”

“哪个？”

“哎呀，明知故问！”小李指了指书柜，里面除了一些大部头名著，顶上还放着好几个大瓶的、看着很华丽的洋酒，下面则展示着琳琅满目的小瓶迷你洋酒，跟上面那些大的洋酒比起来像是被哆啦A梦的缩小灯照过后等比缩小了，有方形、菱形、水滴形、扁圆形……

徐岱透过小圆镜看了看身后，门口没人，客厅的电视响着。徐岱把笔袋塞到窗外，迅速把纱窗放下。小李鬼鬼祟祟看了看四周："别忘了明天游泳啊！"说完拿着笔袋跑了。

"那是谁啊？"徐妈不知道什么时候出现在了门口。

"是李冰。"徐岱为了不被妈妈看出自己的紧张，干脆连头都没回，直接通过小圆镜看着门口说，"他找我借东西。借笔。"

徐妈冷冷地用鼻子出了口气："哼……你少跟他来往。"说完走了出去。

徐妈从来不允许徐岱关上卧室的门，桌上的小圆镜成为徐岱唯一的应对方式，久而久之练成了散点式视觉能力，别人看东西只有一个焦点，徐岱看东西处处是焦点，可以正眼看着作业本上的《送孟浩然之广陵》，左侧余光看着小圆镜里的卧室门反射出的电视机的各色光线，前侧余光看着纱窗外落日余晖中的月季花，右侧余光看着书柜里剩下的三十一个不同形状的人头马酒版，嘴里还可以念："孤帆远影碧空尽，惟见长江天际流……长江天际流……"对，明天还约了跟小李一起去山下小河里游泳呢。暑假快要结束了。

小李第二天上午等李老头和李奶奶都出门了，才偷偷从书包里拿出徐岱的笔袋，打开来细细欣赏那个小瓶子，人头马，干……小李不认识上口下巴（邑）那个字，且读作干巴，人头马特优香槟干巴白兰地，太酷了。

第一次见到这个东西还是前两年去徐岱家一起做作业的

时候，说是做作业其实还是抄作业，只是徐岱一边做着题，小李一边实时就抄了。有时候徐岱做得慢一点，小李便东看西看，徐岱家很无聊，桌子的玻璃板下压着一些小毛笔字和一堆名片，这个总经理那个董事长的，墙上是徐爸写的大毛笔字，衣柜上没有贴明星海报也没有可爱贴纸，书柜里也没有卡通画报杂志，只有大部头的名著，整个屋子就像徐妈一样面无表情整洁严肃。唯有书柜里有一些徐爸放进去的华丽的玻璃瓶引起了小李的注意，柜子顶层是几大瓶，柜子中间是很多小瓶，一堆外国字的标签，里面是茶色的液体。

“这是啥啊？我可以拿出来看看吗？”

“不行，这是名酒——就是很有名的外国酒，是别人送我爸的，我爸拿来收藏。你可别碰坏了。”

“哦……可是酒不是拿来喝的吗？收藏起来做什么啊？”

“我也不知道，反正我妈说过别动，动了就要把我送人。”

“我动就好，你妈没办法把我送人的。”

“哈哈哈哈哈哈，对！”徐岱正在笑着，就看到徐妈面无表情站在窗外了，于是俩人继续做作业，再也没人提起那名酒。

后来再提起是上周，小李突然兴冲冲地跑来窗外说：“我知道那是什么了！那是人头马！我刚才看到广告了，上面说，人头马一开，好运自然来！这个东西好厉害，可以带来好运！”

哦！徐岱心想：难怪我爸要收藏它们了。别人都说我爸“当官”了，这不就是有好运吗？不过这些好运的名酒是在爸爸“当官”前还是“当官”后才出现在书柜里的呢？这个前后关系徐岱一时想不起来了。

“可以帮我个忙吗？”小李问。

“啥？”

“给我一瓶这个人头马吧！”

“我爸妈会打死我的！还会把我送人。”徐岱想起总是面若冰霜的妈妈，还有永远在写毛笔字的爸爸。

“这里有这么多瓶……你爸不会发现的。求求了！”

“你怎么还喝酒啊？我要告诉你爷爷。”徐岱嘴里这么说，但她见过不止一次李老头打小李，还有一次满院子追着打，打得小李满地爬，所以徐岱也不太想真的告诉李老头。万一小李真的跟自己绝交，那以后还把作业借给谁抄呢？

“我不喝酒，不是为了喝酒……”小李一脸为难。

“那是为啥？”

“开学不是有家长会嘛，我……想让我妈回来开一开家长会，每次我爷爷开完家长会回家都要打我。”

“你妈……不是在外地吗？”

“对啊，所以需要那个人头马，才会有好运，我才可以许愿让她回来开家长会呀。”

哦，原来是这么一个道理，徐岱觉得有点荒谬，但联想到自己爸爸当官的事实，又觉得这个名酒或许真的能带来好运。不然它凭什么能成为名酒呢？而且广告都这么说了，总不见得有假吧。

“求求你了，帮帮我！”小李还在窗外央求。

“改天吧，我尽量……试试看。”徐岱开始盘算这个事情，记忆中爸爸并不喝酒，对这些人头马也并没有多在意，只是专门把它们放在这个靠近窗口的书柜里作为展示，好让来往的邻居们都能看到，仅此而已。这些人头马被放在书柜的那一刻已经在发挥作用完成使命了，少了一小瓶应该也不会差太多。所以徐岱才决定在那个有月季花影的晴朗中午帮小李一把。

小李看了半天瓶子，终于一鼓作气拧开，抿了一小口。啊，好奇怪，跟想象中很不同，并没有“白兰”的感觉，倒是真的很“干巴”。再抿一口，确定不是自己能喝下去的东西，于是拧上盖子，放回书包里。不过这样就可以了吧？已经打开了，甚至也喝了一口，好运应该已经在来的路上了吧？接下来就是怎么藏它的问题了，藏在家里肯定是不行的。眼看时间临近中午，李奶奶买菜也快回来了，李老头也快回家吃饭了，要赶紧决定藏哪里……小李突然想到一个好点子，二话不说背着书包就下楼了。

今天天气不算太好，又闷又热，徐岱吃了晚饭问徐爸要不要去游泳，徐爸果然又要写毛笔字，徐妈从来不游泳。徐岱自己换好了泳装，把游泳圈套在腰上，出了门。泳装是徐妈买的，很老土的款式，暗红色褶皱面料夹杂黑色抽象花纹，显得徐岱简直白到发光，走在路上比夕阳还亮。

如此从家里走到大院后门再走石阶下山，几分钟就能到，所以游泳的小朋友们都是直接穿着泳装泳裤走下山，游完了再湿漉漉地走回家。由于这件事儿已经达成了共识，所以每当晚饭后大家穿着泳装出现在院子里时，并没有人会侧目，谁都知道这个时间该去游泳了，这么多年一向如此。

唯有今天是个例外，徐岱走到大院后门的时候就已经发现不对劲了，往日这个时候大家都是往山下走，怎么今天都在往回走啊？男男女女大人小孩儿，大多数都穿着衣服，交头接耳。徐岱不知道发生了什么，但脚又停不下来，继续往山下走。手更不知道应该放在哪儿，只好紧紧拽着游泳圈。

大双也随人群走了上来，也穿着泳装，不过身上还披了一个小毯子。徐岱问发生了什么，大双也不答话，摇了摇头，脸色难看地继续往回走。又碰到了小李，正被李老头拽着往回走，问小李，小李只匆匆说了几句就被拽走，大概意思就是淹死人了。又碰到孟迪，说是淹死的那个人都泡肿了，大概死了好久了，今天才从上游冲进了山下的河沟里。大人们也交头接耳说着不同的细节，徐岱耳朵嗡嗡作响，很难将这些细节拼凑出一个具体的故事。

人群还在往上走，徐岱意识到自己正在与很多衣着整齐的人擦肩而过，大家谈论着自己不清楚的事儿，大家的目的地和自己的是相反的，大家路过她还会纷纷看她一眼，仿佛告诉徐岱她是一个完全的局外人，对这个世界一无所知，赤身裸体，穿着丑陋的泳装，套着儿童才有的游泳圈，浑身白得发亮，是这条林间山路中唯一格格不入的存在。

又想到前两天自己也去游了泳。那个人到底死了几天？他是不是就那样肿胀着孤孤单单地被某块大石头绊住荡来荡去？那些让他荡来荡去的河水，前两天是不是也曾包裹着自己的身体，托着自己的游泳圈荡来荡去？

一股想呕吐的冲动袭来，仿佛隔了这么远都能闻到河水发出的臭味。徐岱发现自己既没有办法扭头随着人群往回走，又没有勇敢到继续往下走到河边看看事情的真相。她在慌乱之中往旁边走去，躲开那些穿着衣服的人以及他们的目光，走到了山腰的防空洞门口，走了进去。

防空洞白天会有人在门口支上桌子打扑克，会有人带躺椅在门口睡觉，也会有小孩儿在门口玩耍。不过到了晚饭以后就没有人会来这黑咕隆咚的地方了。徐岱很少到防空洞玩，一方面因为相信自己是在防空洞里被捡到的，走回“案发现场”多少有些尴尬；另一方面是对未知的恐惧，总觉得那深处存在着些什么，或者说她相信那黑洞深处应该要存在着一些东西。

徐岱发现这个防空洞跟自己印象中有些许不同，前些年来的时候觉得它巨大无比，此刻感觉也就那么回事儿，也不算太高，蹦一蹦伸出手大概就能摸到顶。应该是自己长高了的缘故吧。经过了刚才人群带来的恐惧，此刻的静谧让她觉得舒适，并感到“恐惧”也不过如此。夕阳已经沉没，此刻只剩天空的余光，徐岱发现自己的皮肤泛着微微的白光，而右手臂那一道划痕则泛着淡淡的红光。

徐岱走到防空洞内，身体越发明亮，干脆照亮了整个洞壁，不过是些岩石、青苔、水滴，地上有烟蒂、烟盒、火柴盒、糖纸和一些散落的扑克牌。没有几步就走到头了，那是用砖头垒起来的一堵墙，不知厚薄，不知墙后有什么。她想起动画片《圣斗士星矢》里有一集讲到叹息之墙，是冥界和极乐净土之间的一道墙，在冥界的灵魂眼看着极乐净土就在前面，却被这堵墙阻隔着无法到达，只好望墙叹息。

她的身体太亮了，甚至照亮了墙的角落，角落有一个东西反射着光亮，她捡起来一看，哎？这不是自己家的人头马小瓶子吗？盖子已经拧开过了，看上去也喝了一口……人头马一开，好运自然来，不知道小李有没有得到他想要的好运。徐岱一口气喝完，祈求她的好运，然后放下瓶子走出了防空洞。

外面天已经全黑，河水的臭味越发明显，树林里有鸟在怪叫着穿梭。徐岱的皮肤不再发光，手臂上的划痕不知何时结成了一道深色的疤。她感到骨头在拉扯，自己又长高了，不再是一个儿童，不再为自己的身体感到羞耻。她意识到自己越过了叹息之墙。

后记——涟漪

这本书是从 2015 年初就跟晓磊约定要写的，结果一晃已经过去九年，她居然还在出版行业，我居然还在音乐行业。这九年间晓磊总是很克制地跟我寒暄，但我知道她一寒暄肯定是隐性催稿，哦，其实也不算隐性了，有阵子都有类似“你看天上那朵云像不像咱要发的那本书”这样的对话了，常年的催稿仿佛已经成为我们的一个游戏，但这游戏已然来到尾声。非常感谢晓磊的信任和耐心，以及给我的那么多的鼓励和认可。希望这本书可以大卖特卖，卖到全国乃至全世界，发八百个版本，卖到疯，卖到我们都可以提前退休。（虽然从我的写作水平上来说这不现实，但愿望还是可以有的。）

之前有阵子，我给《时尚健康》供稿，是的，我这么一个既不算时尚又不太健康的人，居然有那么一年半的时间，每个月必须写点东西刊在这个以传播时尚和倡导健康为核心的杂志上……感谢杂志编辑总监何筹。那种“你被具体的人和事件需要着”的感觉（或者说是错觉）令人既紧张又享受，使得我很警惕地在日常生活中收集着自己的感想，临近交稿期限的紧迫感也让我总能归纳出点什么。因此我积累了一些文字，稍做修改之后也收录在了本书之中。希望以后还有这种约稿合作，我需要被鞭策。

感谢环节结束，接下来我要开始抒发一些感想了。

我打水漂特别厉害，无师自通，可以打出很远，在水面上擦出一长串涟漪；从小也喜欢唱歌，歌声通过空气撞到对面的楼，对面的山，再回到我的耳朵里，撞出一片小小的涟漪；后来学会写歌，每一条留言、每一句鼓励，也像一片片涟漪，顺着网线轻轻回荡；再后来经常演出，也就总能看到观众的眼神反馈给我的点点亮光，那是如星光般美好的涟漪，微小却震撼人心，常常使我落泪。我总觉得写一首歌，画一幅画，写一篇文章，都是对这个世界投出一块石子，当然，这石子是经过我精心选择并耐心打磨的，是我精神的一部分，这石子渴望在这世界的水面上留下一串小小的涟漪。

我其实是一个意志力很不坚定的人，很容易被影响，好的影响，坏的影响，都很容易动摇我，那些涟漪有时候会让我太得意，太亢奋，太自满，有时候又会让我很消沉，很痛苦，很慌张。有阵子我在深刻检讨这件事：我为什么要为了他人有所反馈而进行创作呢？创作不能单单为了自己高兴吗？我不能更爱自己、更倾听自己的需求吗？于是有两年的时间，我尝试不听任何反馈，不进行交流，只问自己想做什么，由此，我得到的感想就是：什么都不想做，没那么爱自己，没有任何创作欲望，自己存在与不存在都无所谓，世界多我一个少我一个没啥差别，没有什么是必须有我才行的。

虽然可有可无才是存在的本质，但这样的本质令我更加死气沉沉，身体也受到影响，头发胡子都白了很多，晕头转向，精神涣散，上气不接下气，开年一个月已经把裤子穿反三次了。所以最近我还是想改变一下自己，多出去走走，多交朋友，广结善缘，重新上网接受指点，振作起来努力创作，激起一点点涟漪，也许这些能帮助我暂时逃离那存在的本质，给自己一点虚幻的价值感和能量。

这侧面证明了我居然没有自己想象中那么自恋，也没有自己想象中那么独立、那么爱孤单。我脑子里就是个“黏人精”，超喜欢别人跟我互动，哈哈哈哈（打出这句话好尬）。

当你看到这里时，也就意味着你看完了这本书，我要非常郑重地感谢你，我们之间完成了一次碰撞，你是我的湖面，我也是你的湖面，我们互相倾诉，互相投掷，你对我进行任何形式的投掷我都会欣然接受，有总比没有强，我需要反馈，感谢！感谢！双手合十感谢！

另外要主动交代一下，最后那篇小说《黄葛树下》写了一个开放性结局就停笔了，写的时候没想好要如何写一个明确的结尾。编辑曾建议我，在结局的地方稍微把气氛回暖一点，不要那么忧愁，但我实在回不了暖，越写越痛苦，就索性停在那里了，停在了叹息之墙的另一侧。

我只能告诉自己，结局没那么重要，不管愿不愿意，那些小孩都早晚要穿过那堵墙（他们或许已经在墙的边缘了），来到成年人的世界，那时大家就各有各的风景了。读者看完把书一合，回到现实里，这是所有小说唯一的结局。

有缘再会，祝你平安健康，一路好风景。

秦昊
2024 年 1 月 17 日 于北京酒仙桥

图书在版编目（CIP）数据

但愿那海风再起 / 秦昊著 . -- 长沙 : 湖南文艺出版社，2024.3
ISBN 978-7-5726-1615-0

Ⅰ . ①但… Ⅱ . ①秦… Ⅲ . ①随笔—作品集—中国—当代 Ⅳ . ① I267.1

中国国家版本馆 CIP 数据核字（2024）第 017261 号

上架建议：畅销·文集

DANYUAN NA HAIFENG ZAI QI
但愿那海风再起

著　　者：秦　昊
出 版 人：陈新文
责任编辑：张子霏
监　　制：奚　韬　孙　洋　董晓磊
特约宣传：袁　欣
策划编辑：张婉希
特约编辑：张　雪
营销编辑：张翠超　木七七七_
版式设计：李　洁
封面设计：尚燕平
封面题字：张小厚
出　　版：湖南文艺出版社
（长沙市雨花区东二环一段 508 号　邮编：410014）
网　　址：www.hnwy.net
印　　刷：北京中科印刷有限公司
经　　销：新华书店
开　　本：875 mm×1230 mm 1/32
字　　数：184 千字
印　　张：8.5
版　　次：2024 年 3 月第 1 版
印　　次：2024 年 3 月第 1 次印刷
书　　号：ISBN978-7-5726-1615-0
定　　价：59.80 元

若有质量问题，请致电质量监督电话：010-59096394
团购电话：010-59320018